文學研究叢書·古典詩學叢刊

# 杜甫從詩史到詩聖

蔡志超　著

# 目次

# 第一章
# 緒論

　　本文主要是嘗試探索杜甫（西元712-770年）稱號從「詩史」擴昇為「詩聖」的原因。這反映詩人歷史地位的變遷揚昇，不僅是詩歌藝術的評定，更是人格道德評價的結果。這個論題的探討是奠基在釐清「詩史」與「詩聖」的諸多因素上，並在此基礎上試圖考究轉移擴昇的原因。然而，這並不意指杜甫受尊「詩聖」名目後，「詩史」名號即消失，是兩者先後誕生，同時並存發展。

　　實際的討論是以「詩史」「詩聖」說的重要因素為研究進路，諸如：無一字無來處、忠君愛國、追躡風雅與集大成等。這些論題都跟「詩史」「詩聖」關係密切。一方面考察杜詩學中重要的議題，一方面查究杜甫「從『史』入『聖』」的機樞——古代士人如何進入「聖」域？又肩負何種神聖責任？前賢甚至直接將杜甫與孔子兩相比擬，譬如「古今論者以為詩家至子美而集大成，故詩有子美，猶聖之有宣尼」（邵長蘅〈漸細齋集序〉）；又如「孔子兼堯、舜、禹、湯、文、武、周公而成聖者也；杜陵兼《風》、《騷》、漢、魏、六朝而成詩聖者也」（黃子雲《野鴻詩的》）。今古罕有，推譽備至。

　　杜甫名號從「詩史」臻於「詩聖」的關鍵之一，在宋人意識到杜甫忠君愛國這個特質堪為古今一人，卓爾出群。杜甫即因忠君愛國，感時而紀事，寄寓是非褒貶，世號「詩史」。就孔門而言，忠君愛國為「事君」精神的體現，是「事君」精神的表徵，是儒家政治教化體系的一環。宋人覺察杜詩「忠君愛國」「事君」精神，俊秀挺拔，與《三百》無異。杜詩自此進入孔子《詩》教範圍而可以紹休聖緒。也

就是說，詩人秉承溫厚仁心，忠君愛民，藉由含蓄委婉、或美或刺途徑，感發善心，懲創惡志，使言者無罪，聞者足戒，預留轉圜餘地，既篤實君臣等倫紀，又敦厚人情風俗。這發掘並凸顯杜詩經世教化的面向。然其概念內涵複雜，關係糾繞，有待進一步的分析釐定。

依此探究進路，本文主論題如下：

第一章是緒論。扼要說明研究對象、研究進路與章節次第。

第二章是詩史說。本章討論杜甫「詩史」說的主要理由，包含敘當時事、講求依據、因果脈絡、寓寄抑揚褒貶、記年月地里本末與備於眾體等等；研討詩史說批評者的理由及其商榷。最後，討論詩史在詩文交集上的表現原則，這是詩史探索的新觀察。

第三章是無一字無來處說。前賢多認為杜詩不易讀不易注；而讀杜、注杜的條件乃在讀萬卷書、行萬里路與蓄萬種意。此中，讀萬卷書實是杜甫創作根柢之一，其表現即為「無一字無來處」，杜甫這種用字講求依據與可尋得出處證據的特質為「詩史」的一個理由，為承繼史傳散文的重要徵象。

第四章是忠君愛國說。本章論述孔子《詩》教說內涵，從微觀角度，即自「思無邪」「溫柔敦厚」「興觀群怨」與「事君」等面向，探索杜甫紹承孔子《詩》教本旨，說明「事君」與「詩史」「詩聖」的關係。杜甫的忠君愛國——「事君」精神的具現——實為杜甫名號從「詩史」擴昇至「詩聖」的樞紐。

第五章是追躡風雅說。本章從巨觀角度，無論是就風雅或變風變雅而言，杜甫都能秉承「溫柔敦厚」的性情，深篤君臣等倫誼，杜詩因而能踵繼風雅遺意；接著探討追躡風雅要旨可以為「詩聖」。

第六章是集大成說。古人考索杜甫成聖路徑主要有二：一路即紹繼孔子《詩》旨、追躡風雅遺意之途；一路即集大成之徑。本章研討杜詩集大成現象、內涵及理由，論述集大成與詩聖間關係。

　　第七章是結論。本章綜結杜甫從「詩史」稱號推升為「詩聖」的理由，其中介概念即「忠君愛國」「集大成」。愛國忠君是「事君」的表徵，此體現杜甫人格道德的面向；集大成是「詩藝」的境界，此呈現杜甫詩藝風格的面向，兩者合一的結果即「詩聖」稱譽的真正誕生。

　　最後，本書第二章曾以〈再論杜甫詩史說〉之名，發表於淡江大學中文系「第十屆社會與文化國際學術研討會」（2004年11月）並會後出版；第六章曾以〈杜詩集大成與詩聖說〉之名，發表於《慈濟科技大學學報》總32期（2019年4月），今併將兩文修改增刪。

# 第二章
# 詩史說

　　古典詩歌史上，杜甫具有「詩史」的稱號由來已久。從晚唐乃至清代，前人不斷對此議題進行詮釋論辯，「詩史」的內涵也隨之豐富起來，形成諸多不同的說法。杜甫「詩史」的名目，並非僅是概念內涵的問題，它也是創作表現的論題，由此可見複雜性。

　　本章嘗試從「法」的角度探索「詩史」議題，討論杜詩「賦」法的表現與史傳「文」法的關係，兩者都以「一正一反」「兩相對待」為創作原理，這使得後人認為杜詩具有文法的色彩。藉由上述這個「以文為詩」的觀察進路，本章試圖從杜詩創作技巧這個方面來說明杜甫何以被稱為「詩史」。

## 第一節　詩史

　　最早以「詩史」一詞稱呼杜甫者，就目前所見資料言，當是晚唐孟棨的《本事詩》，他說：

> 杜逢祿山之難，流離隴蜀，畢陳於詩，推見至隱，殆無遺事，故當時號為詩史。[1]

由於杜甫將其兵火遭遇，飄泊隴蜀，一一託於詩歌，使讀者可以推求

---

1　〔唐〕孟棨：《本事詩》，見原刻景印《百部叢書集成》（臺北：藝文印書館，1965年），頁16。

想見至關隱微未記之處，可以說是大概沒有掛漏自己重要歷史事件的記載，因此當時即號為「詩史」。這段文獻也是杜甫詩史說最早的論述。它是從杜詩反映干戈流離等時事來解釋詩史說。[2]孟棨之後，「詩史」名目的詮釋論述，愈加複雜。[3]歸納其要，分為三類：

首先，就詩歌內容言，前人認為杜甫敘記當時之事；而記事本是史官職責，許慎《說文解字》說：「史，記事者也。」[4]所以杜甫號為「詩史」。李朴〈與楊宣德書〉說：

唐人稱子美為詩史者，謂能記一時事耳。[5]

李朴試圖為「詩史」的內涵提出說明：杜甫由於能記一時之事，因而稱為詩史。不僅如此，杜甫敘記時事，都能有根據；這意指所敘時事能與客觀事實相符，臻至信史之境，[6]因此世號詩史。陳巖肖《庚溪詩話》說：

---

2 劉真倫〈詩史詮義〉說：「從孟棨這段記載可以知道，杜詩早在杜甫生前即已被稱作『詩史』。其所以如此，是因為杜甫流離隴蜀這一特定時間內創作的詩歌，具有『陳事』的特點，通過詩中所陳之事，讀者可以『推見至隱』，詳細而真實地了解作者在安史之亂中這一段顛沛流離的生活。這就是『詩史』一詞的原始含義。」（見《大陸雜誌》，第90卷第6期，1995年，頁46）

3 或參楊松年：〈杜詩為詩史說析評〉，見《古典文學》（臺北：臺灣學生書局，1985年），第7集，上冊，頁371-399。

4 〔清〕段玉裁：《說文解字注》（臺北：黎明文化事業股份有限公司，2006年），頁116。

5 見華文軒編：《杜甫卷》（北京：中華書局，2001年），上編唐宋之部第1冊，頁150。

6 陳捷先、札奇斯欽編輯，姚從吾撰：《姚從吾先生全集（一）歷史方法論》（臺北：正中書局，1977年）〈導論〉說：「『事實記載』與『客觀的事實』符合者，叫作信史。」（頁1）

　　杜少陵子美詩，多紀當時事，皆有據依，古號詩史。[7]

杜甫不只記當時之事，所記時事皆有依據，並有因果脈絡可尋，班班可考見當時事。李復（1052-？）〈與侯謨秀才〉說：

　　杜詩謂之詩史，以班班可見當時事。至於詩之敘事，亦若史傳矣。[8]

杜甫敘事有前後的因果脈絡，使人可想見當時之事，所以稱為詩史。李復進一步指出，敘事有清楚因果脈絡可尋者──是杜詩與史傳的共通點。李復的類比論證可重構如下：史傳散文敘事有清楚因果脈絡可尋，人謂之史；歸納言之，凡敘事具前後因果脈絡者為史，今杜詩敘事班班可見當時事，因此杜詩謂之詩史。杜甫擁有詩史的稱號，與杜甫敘記時事、皆有據依與因果脈絡存有密切的關係。準此，凡以詩敘事、能有依據且具清楚因果脈絡者，謂之「詩史」。這應是宋朝相當普遍的看法。

　　其次，從詩歌表現言，杜甫可稱為詩史，這是由於杜詩的創作手法同諸史法的緣故。這可從三個方面來說明：

　　一、杜詩寓寄抑揚是非褒貶之意，所謂「千古是非存史筆」也。[9]文天祥（1236-1283）《文信國集杜詩‧原序》說：

---

7　〔宋〕陳巖肖撰：《庚溪詩話》，見原刻景印《百部叢書集成》（臺北：藝文印書館，1965年），卷上，頁6。

8　〔宋〕李復：《潏水集》，見《文淵閣四庫全書》（臺北：臺灣商務印書館，1986年），第1121冊，卷5，頁50。

9　〔宋〕黃庭堅：《山谷外集》，見《文淵閣四庫全書》，第1113冊，卷14，頁529。

昔人評杜詩為詩史，蓋其以詠歌之辭，寓紀載之實，而抑揚褒
貶之意，燦然於其中，雖謂之史可也。[10]

凡寓有褒貶是非之意，如孔子作《春秋》可使亂臣賊子懼，謂之為
史，杜甫因而號為詩中之史。

二、杜詩用字有依據，遣詞有證據，同諸史傳筆法，因此可稱為
詩史。史繩祖（1192-1274）曾說：

先儒謂：韓昌黎文無一字無來處，柳子厚文無兩字無來處。余
謂杜子美詩史亦然。惟其字字有證據，故以史名。[11]

遣詞使字講求證據，要有依據，名之為史，因此杜甫號為詩史。

三、杜甫敘事詳實記載年月地里本末，藉由事件發生時間與地里
等，發明本末因果，合符歷史之名，與史傳同法，[12]因而稱為詩史。
姚寬（1105-1162）的《西溪叢語》說：

---

10 〔宋〕文天祥：《文信國集杜詩》，見《四庫全書珍本八集》（臺北：臺灣商務印書
館，1978年），頁5。此外，〔宋〕黃徹《䂬溪詩話》說：「諸史列傳，首尾一律。惟
左氏傳《春秋》則不然，千變萬狀，有一人而稱目至數次異者，族氏、名字、爵
邑、號謚、皆密布其中而寓諸褒貶，此史家祖也。觀少陵詩，疑隱此旨。」見原刻
景印《百部叢書集成》（臺北：藝文印書館，1966年），卷1，頁1-2。另外，〔清〕吳
喬《圍爐詩話》也說：「杜詩是非不謬于聖人，故曰『詩史』，非直指紀事之謂
也。」見原刻景印《百部叢書集成》（臺北：藝文印書館，1967年），卷4，頁6。簡
言之，杜詩寄寓是非褒貶之意。

11 〔宋〕史繩祖：《學齋佔畢》，見《文淵閣四庫全書》，第854冊，卷4，「詩史百注淺
陋」則，頁56。

12 朱希祖《中國史學通論》（臺北：莊嚴出版社，1977年）說：「蓋惟太史能以時間之
觀念，發明事實之因果，於是乎有編年之史，足以副歷史之名。至孔子修春秋，魯
太史左邱明即為春秋傳；厥後司馬遷為漢太史，亦成史記。」（頁12）

> 或謂詩史者，有年月地里本末之類，故名詩史。[13]

　　歸納而言，因為杜詩寓寄是非褒貶；字字有證據；敘記事件時地，發明本末因果，具史傳散文筆法，所以人號詩史。

　　其三，就詩歌風格言，前賢認為杜甫生長於各家風格兼備時代之後，集各種不同風格於一身，能反映集備詩歌風格大成之事，這屬於「事」的範圍。惟對「所記之事」的理解，從「紀當時事」轉變成「反映集備詩歌風格大成之事」；記事為史，杜甫因此為詩史。釋普聞《詩論》說：

> 老杜之詩，備於眾體，是為詩史。近世所論：東坡長於古韻，豪逸大度；魯直長於律詩，老健超邁；荊公長於絕句，閒暇清癯；其各一家也。[14]

杜詩備于眾體，兼具各種不同風格，集各家風格大成，能真實反映集聚各家風格面貌大成之事，因而稱為詩史。[15]

　　宋人試圖從詩歌內容、形式與風格等方面，解釋杜甫為詩史的現象。杜甫為詩中之史，關鍵在於宋人認為杜詩具有史的性質，與傳統

---

13　〔宋〕姚寬：《西溪叢語》，見原刻景印《百部叢書集成》（臺北：藝文印書館，1965年），卷上，頁42。

14　〔明〕陶宗儀編：《說郛》，見《文淵閣四庫全書》，第880冊，卷79下，頁417。

15　陳文華《杜甫傳記唐宋資料考辨》（臺北：文史哲出版社，1987年）說：「『備于眾體』，實際上就等於是元稹所說『兼人人所獨專』，也是秦觀所說的『集大成』，那麼，普聞說老杜『備於眾體』意思便是杜詩能具備各種不同的風格了。……其次，秦觀說：『杜子美之於詩，實積眾家之長，適其時而已。』這裏的『時』，可能有兩種意義：一是指時代，就一個集大成的作家而言，他勢必生長在各種風格兼備的時代之後，才有可能兼集眾家之長，而展現出集大成的風格面貌。……因此，我們有理由相信，『備于眾體』應是指『詩史』之表現能力說的。」（頁250-253）

的史傳散文產生交集，即「杜詩謂之詩史，以班班可見當時事。至於詩之敘事，亦若史傳矣」。杜甫詩史名號的成分並非單調純一，而是豐富且多變。

　　總之，由於杜甫敘記時事，皆有據依，有清楚因果脈絡者；又寓寄褒貶是非；字字有證據；記敘事件時地，闡發因果本末；又能真實反映集聚各家風格面貌大成之事，因此杜甫號為詩史。

## 第二節　詩史的批評

　　杜甫詩史的稱號，批評者亦不乏其人。反對者是從「詩以道性情」或「詩以道情」出發。他們不否認「記事為史」的傳統說法，而是批評杜甫以詩敘事。他們主張詩歌不可敘事，是用以道性情。楊慎（1488-1559）《升菴詩話》「詩史」說：

> 宋人以杜子美能以韻語紀時事，謂之詩史。鄙哉！宋人之見，不足以論詩也。夫六經各有體，《易》以道陰陽，《書》以道政事，《詩》以道性情，《春秋》以道名分。後世之所謂史者，左記言，右記事，古之《尚書》、《春秋》也。若《詩》者，其體其旨，與《易》、《書》、《春秋》判然矣。……。杜詩之含蓄蘊藉者，蓋亦多矣，宋人不能學之。至於直陳時事，類於訕訐，乃其下乘，而宋人拾以為己寶。又撰出「詩史」二字，以誤後人。如詩可兼史，則《尚書》、《春秋》可以併省。[16]

古人將史分為左右，左史記言，右史記事，譬如《尚書》與《春

---

秋》，分別道政事，定名分；《詩經》則是用以道性情，非記時事，記事是史的範圍。這意指史與詩為兩個不可交疊的相異文類，性質功能各不相同，所謂「若《詩》者，其體其旨，與《易》、《書》、《春秋》判然矣」。

由於詩歌以蘊藉含蓄為貴，不可直陳時事；直陳時事，近似直筆，恐流於嘲謗攻訐，屬下等作。如此，否定以詩敘事、詩史交集的可行性，這是他對詩歌持有的一種價值判斷。楊慎推崇的作品是含蓄蘊藉的詩歌，含蓄地道性情始為詩歌的要件。然而詩歌若只能道情性，不能敘時事，將使情性與敘事截然二分，缺乏融通可能，詩歌範圍更趨窄狹。何況，杜甫藉由詩歌敘記時事，並不意指杜詩可以取代歷史，這只意味杜詩具有史的屬性而已，畢竟它們本是不同的文類，無法相互取代。況且，「敷陳其事而直言之」的賦法，本是《詩三百》的表現手法，楊慎何能重含蓄而輕直陳？或者，賦法就沒有含蓄的可能性？這顯示楊慎對詩歌的品味喜好與價值判斷。

另外，王夫之（1619-1692）也認為詩歌以言情為主。他主張詩歌以情為道路，感情所至，詩始言至，換言之，有是情，始有是詩；反之，有是詩，即有是情，「詩」「情」不即不離。他說：

> 詩以道情，道之為言路也。詩之所至，情無不至；情之所至，詩以之至。[17]

因此杜甫須以抒發情感作為詩歌正道，非以史法敘事於刻劃處摹寫見真。杜甫不僅描繪刻劃，還據事如實摹肖，令讀者好像可以看到真實

---

17 〔清〕王夫之：《古詩評選》（北京：文化藝術出版社，1997年）卷4，「五言古詩」，頁149。

史事發生眼前。若於敘事刻劃處見真，這是以詩敘事之史，不足以稱之為詩。王夫之《古詩評選》「五言古詩」中說：

> 史才固以櫽括生色，而從實著筆自易。詩則即事生情，即語繪狀，一用史法，則相感不在永言和聲之中，詩道廢矣。此〈上山采蘼蕪〉一詩所以妙奪天工也。杜子美仿之作〈石壕吏〉，亦將酷肖，而每于刻劃處，猶以逼寫見真，終覺于史有餘，于詩不足。論者乃以「詩史」譽杜，見駝則恨馬背之不腫，是則名為可憐憫者。[18]

詩歌並非敘事成史，而是用以抒發情感。由於詩以道情，不用史法；若入史法，詩道罷廢；今杜甫以史法作詩，因此詩味不足，正所謂「于詩不足」。詩歌不只以情字為正途，更不可藉史法來創作，這是因為相異物事不相為代的緣故，《薑齋詩話》說：

> 「賜名大國虢與秦」，與「美孟姜矣」、「美孟弋矣」、「美孟庸矣」一轍，古有不諱之言也，乃《國風》之怨而誹，直而絞者也。夫子存而弗刪，以見衛之政散民離，人誣其上；而子美以得「詩史」之譽。夫詩之不可以史為，若口與目之不相為代也，久矣。[19]

王夫之的類比論證可重建如下：詩不可以史為，進而以史代詩。口與目是相異的事物，彼此不相為代。歸結而言，兩個相異物事不可互相替代。詩與史也是不同的事物，因此詩史不相代，詩不可代史，史不

---

18 〔清〕王夫之：《古詩評選》，卷4，頁145-146。

19 〔清〕王夫之：《薑齋詩話》（北京：人民文學出版社，1998年），卷1，頁143。

可代詩；史不可以詩為，詩不可以史為。這否定杜甫以詩敘事以及詩
史稱號。

　　問題關鍵在於詩歌與史傳是否判然二分，分別為毫無交集的兩個
相異文類。事實上，詩歌與史傳的交集在於「賦」上，其相異在於
「比興」，簡恩定說：「詩仍是主於『賦』；所謂『比興』，恰是詩與史
最大不同之處。換句話說史有『賦』而無『比興』，故能言直而核；
詩兼『比興』，故除了直陳其事之外，尚須具備有想像的成分。而且
施閏章既然認為詩可以微詞設諫，其用有大於史者；因此推論杜甫為
詩史之因，亦必著源於此。」[20]詩與史既有共通的賦法，那麼，詩與
史就不是沒有交集的兩個事物，據此，楊慎與王夫之的論述就顯得較
為薄弱。

　　杜甫透過賦法來直陳時事而可稱為詩中之史，除了記事為史這個
因素之外，也由於杜甫藉由賦法來敘當時事，而與史傳的敘述方法相
似相通，契合性較強。劉熙載（1813-1881）的《藝概‧詩概》說：

> 　　杜陵五七古敘事，節次波瀾，離合斷續，從《史記》得來，而
> 蒼莽雄直之氣，亦逼近之。[21]

　　杜甫以賦法來陳事議論，刻意創造詩歌文勢的起伏離合，一水三

---

20　簡恩定：《清初杜詩學研究》（臺北：文史哲出版社，1986年），頁115。另外，龔鵬
　　程在《詩史本色與妙悟》（臺北：臺灣學生書局，1986年）第二章〈論詩史〉一文
　　也曾說：「所謂詩史，在性質上固然不能屬諸敘述文類，但在表達手法方面，則確
　　實是以類似作文的敘述手法為主。以類似作文的敘事手法來作詩，自然容易使詩在
　　『賦、比、興』的傳統創作手法中，比較接近賦。……。由於在事件之因果關聯敘
　　述，及可以印證史料或以史料檢證方面，賦之語言表現如此，所以它近乎史，乃是
　　無可懷疑的。」（頁52、56）
21　〔清〕劉熙載：《藝概》，見《劉熙載集》（上海：華東師範大學出版社，1993年），
　　卷2，頁98。

波，層次分明，有別於傳統「敷陳其事而直言之」的「賦」法，所形成平衍直順的表現，實屬創新。這種敘事論議的技巧，與史傳文法的表現相通，也因此劉熙載認為杜甫古詩氣勢壯闊的表現，實從《史記》而來。此與「詩史」關係密切。

## 第三節　詩史在詩文交集的表現

杜甫足當「詩史」之名，從詩歌內容來看，這是由於杜甫善敘時事；就詩歌表現技巧而言，這是因為杜詩賦的表現同諸史法。吳瞻泰於《杜詩提要・自序》中說：

> 論杜者咸曰「詩史」，吾謂杜不獨善陳時事，為足當「詩史」之目也，其詩法亦莫非史也。[22]

吳瞻泰明顯承繼宋人李復的看法，但更進一步指出杜甫詩法同諸史法。杜甫以賦陳事，與史法契合的內涵為何？兩者都以一正一反、兩相對待的概念作為創作之道。吳瞻泰的《杜詩提要・自序》說：

> 子美之詩，駕乎三唐者，其旨本諸離騷，而其法同諸《左》、《史》。不得其法之所在，則子美之詩，多有不能釋者，其旨

---

22 〔清〕吳瞻泰：《杜詩提要》（臺北：臺灣大通書局，1974年），頁6。吳瞻泰認為，杜甫為詩史的理由尚有：一、杜甫用筆嚴正，如《春秋》筆法；二、杜詩能補史闕，足使唐之君臣，不寒而慄。《杜詩提要・評杜詩略例》說：「『詩史』二字，非徒謂其筆之嚴正，如《春秋》書法也。如〈北征〉、〈留花門〉、〈前、後出塞〉、〈哀王孫〉、〈悲陳陶〉、〈哀江頭〉、〈洗兵馬〉、〈冬狩行〉、〈收京〉、〈有感〉、〈洞房〉、〈秋興〉、〈諸將〉等詩，能括全史所不逮，足使唐之君臣，聞之不寒而慄，謂非史乎？」（頁19-20）

亦因之而愈晦。……。而至其整齊於規矩之中，神明於格律之外，則有合左氏之法者，有合馬、班之法者。其詩之提挈、起伏、離合、斷續、奇正、主賓、開闔、詳略、虛實、正反、整亂、波瀾、頓挫，皆與史法同，而蛛絲馬跡，隱隱隆隆，非深思以求之，了不可得。[23]

　　杜甫不只承繼屈原忠君愛國的本旨；也紹承《左》、《史》筆法。吳瞻泰提及無論是杜詩或《左》、《史》皆以「提挈、起伏、離合、斷續、奇正、主賓、開闔、詳略、虛實、正反、整亂、波瀾、頓挫」等等為創作技巧，抽象地說，它們都是以一正一反、兩兩相對為表現原則。這種正反對待的表現之道，就是杜詩賦法同諸《左》、《史》文法所在，也就是劉熙載所稱的「杜陵五七古敘事，節次波瀾，離合斷續，從《史記》來」之語，杜甫因而謂為「詩史」。吳瞻泰又認為，倘欲詮釋杜詩須知少陵詩法所在；少陵詩法同諸《左》、《史》反正之道。若無法洞察史傳文法的創作原理，恐無法適切詮釋杜詩。而杜詩具《左》、《史》正反的表現方法也是杜甫為「詩史」的一種理由。

　　杜詩賦法同諸史傳文法正反的表現之道。首先，就史傳散文言，史傳散文具有一正一反的表現形式，譬如，《左傳》僖公九年「會于葵丘」一文。王崑繩於《左傳評》中說：

---

23　〔清〕吳瞻泰：《杜詩提要》，頁5-6。吳瞻泰《杜詩提要》言及杜詩正反對待筆法多有其例，如〈前出塞九首〉其二「出門日已遠」詩尾說：「骨肉之恩豈無，男兒之死有在，故作頓挫語。」（卷1，頁71）又，其三「磨刀鳴咽水」詩尾說：「八句中自具頓挫。」（卷1，頁73）又，〈奉贈韋左丞丈二十二韻〉詩尾說：「『騎驢』一段，中分三折。既言『到處悲辛』，是無知遇矣；而主上忽見徵，既欻然求伸，是有知遇矣；而卻垂翅無縱鱗，抑揚頓挫，一波三折，總是曲筆寫『儒冠多誤身』一句。」（卷1，頁79）

曰「將下拜」，曰「無下拜」，曰「貪天子之命無下拜」，曰
「敢不下拜」，曰「下拜登受」，一筆五折，盤紆屈曲，讀之裊
裊然。[24]

行文由「將下拜」向相反方向轉移至「無下拜」，再從「無下拜」向
相反方向轉移至「余敢貪天子之命無下拜」，然後再折到「敢不下
拜」，最後，從「敢不下拜」再轉至「下拜登受」，透過相對正反的筆
勢，形成委婉曲折表現形態，使人讀之感到裊裊然。

又如，王崑繩於《左傳評》〈晉侯齊師宋師秦師及楚人戰於城濮
楚師敗績〉說：「此文敘晉文取威定伯，既在一戰，則文之精神眼
目，亦在一戰。使入手數行，便敘一戰，妙境何從生乎？唯于未戰之
前，敘晉欲戰，楚却不戰；楚欲戰，晉又不戰；晉用多少陰謀譎計，
以圖一戰，及至將戰，却又不戰。楚負多少雄心橫氣，以邀一戰，及
至將戰，却又不戰。盤旋跳盪，如此數四，方入城濮。及入城濮，又
生出無限烟波，只是盤旋，只是跳盪，只是欲戰，只是不戰，千迴萬
轉，方將一戰敘出，使讀者神蕩目搖，氣盈魄動，不知手之舞之足之
蹈之。而其實不過離中之妙境而已。然則知合不知離，知離之死規，
而不知離之活法，曷足語于此道乎。」[25]欲戰不戰，不戰欲戰，既颺
開題旨，又著題主意，與命意忽近忽遠，憑藉反正的筆法，形成起伏
跌蕩的文勢。

其次，就杜詩言，杜詩亦具有正反的表現形態，黃生（1622-
1696？）於〈送司馬入京〉詩末說：

大開大合，惟古文有之，公蓋以文法入詩律者，若徒謂其鋪陳

---

24 〔清〕王崑繩：《左傳評》（臺北：新文豐出版公司，1979年），卷2，頁10。
25 〔清〕王崑繩：《左傳評》，卷3，頁13。

時事，波瀾壯闊，而曰杜公以文為詩，此村塾學究皆能言之。[26]

杜詩鋪陳時事，聲勢雄壯，人稱「以文為詩」。然此恐流於浮面，他更指出，杜甫將古文大開大合、一正一反創作技巧，引入詩歌之中。杜詩因此具有「以文為詩」的創作面向。方東樹（1772-1851）《昭昧詹言》「杜公」下也曾說：

> 文法不過虛實順逆，離合伸縮，而以奇正用之入神，至使鬼神莫測。在詩，惟漢、魏、阮公、杜、韓有之。[27]

方東樹也認為杜詩具有文法正反對待的創作技巧。這種一正一反的表現方式，本即杜甫的創作之道。杜甫〈進鵰賦表〉說：

> 至於沉鬱頓挫，隨時敏捷，而揚雄、枚皋之流，庶可跂及也。[28]

「頓挫」即一正一反的筆法。藉由正反形成曲折筆勢，取代鋪陳直敘、平衍順放的傳統，這是杜甫在賦法上的一種創發；透過反正筆勢以表現沉鬱之情，非僅是詩歌形式而已。

杜甫為何以正反對待作為表現方法？就長篇而言，詩歌須避免平鋪穩布，而避忌之道即在擒縱頓挫、正變對待，因此杜甫長篇詩歌出以起伏頓挫，令人莫測變化。李東陽（1447-1516）《麓堂詩話》說：

> 長篇中須有節奏，有操，有縱，有正，有變。若平鋪穩布，雖

---

26　〔清〕黃生：《杜工部詩說》（京都：中文出版社，1976年），卷4，頁245。
27　〔清〕方東樹：《昭昧詹言》（臺北：漢京文化事業有限公司，1985年），卷8，頁214。
28　〔唐〕杜甫：《杜工部集》（臺北：臺灣學生書局，1967年），卷19，頁836。

多無益。唐詩類有委曲可喜之處,惟杜子美頓挫起伏,變化不測,可駭可愕。[29]

不僅長篇詩作,詩歌文字當貴有起伏筆勢,因此杜甫出以上下奇正文勢。金聖歎(1608-1661)於杜詩〈臨邑舍弟書至,苦雨,黃河泛溢,隄防之患,簿領所憂,因寄此詩,用寬其意〉題旁說:

蓋文字貴有虛實起伏,不如是便略無筆勢也。[30]

文字若無虛實起伏,即無筆勢可言。反之,欲臻至委婉折曲筆境,則濟以正變對立的原則。這解釋杜詩頓挫起伏的創作現象。

進一步言,詩歌若利用賦法來敘事議論,這使詩歌與散文的差異變小,契合性較強,也因此藉由賦法來創作的詩歌,也可從文法的角度來說明。就文法而言,運筆須力避直滾順放,《昭昧詹言》「通論五古」說:

凡學詩之法:⋯⋯。五曰文法。以斷為貴,逆攝突起,崢嶸飛動倒挽,不許一筆平順挨接。入不言,出不辭,離合虛實,參差伸縮。[31]

由於「文法不許一筆平順挨接」,因而杜甫在詩歌的表現上,出以曲折頓挫、變化不測的手法。《昭昧詹言》「總論七古」說:

---

29 〔明〕李東陽:《麓堂詩話》,原刻景印《百部叢書集成》(臺北:藝文印書館,1996年),頁7。

30 〔清〕金聖歎:《唱經堂杜詩解》,見《金聖嘆全集(四)》(臺北:長安出版社,1986年),第4冊,卷1,頁540。

31 〔清〕方東樹:《昭昧詹言》,卷1,頁10-11。

　　李、杜、韓、蘇四大家，章法篇法，有順逆開闔展拓，變化不
　　測，著語必有往復逆勢，故不平。[32]

　　總之，杜甫藉由賦法來敘事議論，力避鋪陳平衍直陳其事，打破
詩歌傳統的賦法，追求詩歌的縱橫盡變。落實在實際創作上，乃透過
奇正對待的表現原則，使詩歌呈現起伏跌宕的表現形態與審美趣味，
具有史傳散文與文法曲折的表現色彩，古人因而認為杜詩具有文法的
傾向，[33]所謂「以文為詩」者，也因此世號杜甫為「詩史」。

## 小結

　　杜甫擁有詩史的名號，首見晚唐孟棨《本事詩》。《本事詩》記載
杜甫號為詩史，是由於杜甫將其身歷安史災厄，流離隴蜀，盡陳詩中，
使讀者可推見至隱的緣故。宋人更從杜詩內容、表現手法與風格等方
面，論述杜甫何以為「詩史」。明人楊慎與王夫之以「詩以道性情」
或「情」的角度出發，批評杜甫為詩史。他們認為詩與史或詩與史傳
散文是兩個不同且沒有交集的文類，試圖否定詩史說。然而詩與史或
詩與史傳散文是否判然二分，值得商榷，它們的交集主要是在賦的表
達方式上。若是，則楊慎與王夫之兩人對詩史的論述，恐須再斟酌。
　　杜甫雖然藉由賦法來敘當時事，杜詩賦法特色乃在於一正一反、
曲折文勢的表現之道，不僅僅是「敷陳其事而直言之」。杜甫藉由賦

---

32 〔清〕方東樹：《昭昧詹言》，卷11，頁238。

33 〔清〕黃生《杜工部詩說》「北征」下說：「杜則開闔排蕩，起伏變化，實具古文手
　　腕，蓋長詩作法，不從古文出，則疲苶拖沓，不可耐矣。」（卷11，頁606）另外，
　　方東樹《昭昧詹言》「陶公」下也說：「讀阮公、陶公、杜、韓詩，須求其本領，兼
　　取其文法。」（卷4，頁98）

法議論敘事，透過頓挫反正之法，來表達心中的沉鬱之情，追求詩歌的起伏頓挫、變化縱橫，這使得杜詩具有抑揚起伏的美感興味，以及史傳文法的表現色彩，進而與史傳散文契合性強，這也就是吳瞻泰所謂的杜詩「其法同諸《左》《史》文法」，杜甫因而具有「詩史」稱號。這也是杜甫號為「詩史」的另一個理由。

　　當然，除了杜詩敘時事皆有憑依外，宋人同時也意識到杜詩用字遣詞講求依據、講究證據的特色，這形成杜詩「無一字無來處」說。

# 第三章
# 無一字無來處說

　　宋朝至清代，古人一般都認為杜詩不易注也不易讀；杜詩在創作上更有「無一字無來處」說。這跟杜甫讀萬卷書、行萬里路有關係嗎？

　　杜甫又號為「詩史」；「詩史」的內涵本極為繁複：或敘當時事，或寓褒貶意，或記「年月地里本末」，或謂能「備於眾體」，或指正反對待創作史法等等。北宋黃庭堅即曾稱杜詩「無一字無來處」，也嘗謂杜甫「千古是非存史筆」——「詩中之史」。那麼，杜甫「字字有來處」這種創作特色是否也是「詩史」說的一個產生原因呢？

　　本章試圖討論這些議題，以「無一字無來處」為討論進路，嘗試建構杜甫因讀萬卷書、行萬里途而能「字字有來處」；又因「無一字無來處」而盛譽為「詩史」的論述。冀使杜詩論題脫離片斷式見解，臻至較為整全的論述。最後，後世舊家掇拾杜詩進而穿鑿附會，主要是受「無一字無來處」與「詩史」觀念的影響所致，非單一因素造成的。

## 第一節　杜詩不易讀不易注

　　昔人以為杜甫創作的詩歌不容易閱讀，也不容易理解。清人張榕端（1639-1714）曾說：「杜詩不易解，亦不易讀，余向未遑及。」[1]杜

---

1　〔清〕張榕端：〈先大夫批注杜集卷末遺筆〉，見《清代杜集序跋滙錄》（北京：人民文學出版社，2017年），頁105。

詩難讀的理由至少有二：一、杜詩詞語出處難以查知，完全不知極限所在。王安石（1021-1086，字介甫）〈杜工部詩後集序〉說：

> 予考古之詩，尤愛杜甫氏作者。其辭所從出，一莫知窮極，而病未能學也。……。嗚呼，詩其難，惟有甫哉！[2]

詞語來源查知不易，典故出處又沒有邊際，讀者難以掌握詩旨，杜詩在解讀上容易造成困難，王安石因此說「詩其難，惟有甫哉」。二、杜詩詮釋須有《詩經》、《離騷》與《九歌》等古典文學的深厚基礎，否則，無法入徑登堂，品味詩意；讀者即便得悉杜詩典故出處，恐不易切中言外詩意。黃庭堅（1045-1105，字魯直，號山谷道人）〈大雅堂記〉說：

> 子美詩妙處，乃在無意於文。夫無意而意已至，非廣之以《國風》、《雅》、《頌》，深之以《離騷》、《九歌》，安能咀嚼其意味、闖然入其門邪！[3]

杜詩佳妙在不露筋骨，筆墨無痕，看似無意卻意已至；若要解讀此「字外有字」、「無意之意」的滋味，須有博廣厚深的經典閱讀經驗，始能得其蹊徑，不然，讀者不易掌握言外之意，更遑論其詩旨。因此讀杜實難。

由於杜詩在解讀上本屬不易，遭遇諸多難題，無論是「典故出

---

2　〔宋〕黃希原注、黃鶴補注：《補注杜詩》，見《文淵閣四庫全書》，第1069冊，「傳序碑銘」，頁11。

3　〔宋〕黃庭堅：《黃庭堅全集》（成都：四川大學出版社，2001年），第2冊，正集卷第16，頁437。

處」層次，或是「無意之意」層次等等；前賢注解時也面臨這些困境，因此杜詩在注解上亦非易事。陳醇儒（1662左右）曾感慨說：「夫注杜之難，介甫、山谷言之詳矣。」[4]

　　杜詩注解的難題主要在兩個方面：典故運用的辨識與學識經歷的差距。由於杜詩意深味遠，運典無有涯涘，善將故實裁剪融鑄於翰墨之中，所謂「點鐵成金」，既不易辨識，又難沿流溯源，學者因此恒苦其難讀。何以注家對於杜詩運典難以動中窾要，這是受限於讀者的學識經歷等因素。韓楚原說：

> 少陵之詩，不惟可以橫絕一代，直足以縱橫古今，為萬世作者宗匠。顧涵義既深，典復奧衍，《聞見後錄》謂：「黃魯直稱老杜詩，如靈丹一粒，點鐵成金，蓋言其善于運用故實也。」惟其剪裁融化諸般故實于詞句之中，故學者恒苦難讀，歷代作家乃競為箋釋，冀發其窾窾，以便讀者。無如限于才識及時地，每多管窺蠡測，莫逮高深。昔顏之推有言：「觀天下書未遍，不得妄下雌黃。」放翁亦有注詩難之嘆。[5]

歷代注家囿於學識經歷，難以殼中闡發杜詩典故之關竅，彷若以莛撞鐘，箋注杜詩因而並非易事。畢沅（1730-1797）曾主張杜詩不可注且不必注。何以杜詩不必注、不可注呢？在創作上，由於杜甫承繼《風》《騷》，祖述漢魏，咀嚼群書百代英華；學養根柢經史百家群書，經歷萬里山川朝代盛衰軌跡，詩味悠長，渾包萬象，杜甫因此集詩學大成。在箋注上，因為注家未覽杜所讀之書，未經杜所歷之境；

---

4　〔清〕陳醇儒：〈書巢箋注杜工部七言律詩敘〉，見《清代杜集序跋滙錄》，頁47。

5　〔清〕韓楚原：〈重刊錢牧齋箋注杜工部詩弁言〉，見《清代杜集序跋滙錄》，頁19。

若未歷所經，未覽所閱，而欲箋注杜詩恐非簡易，所以在未讀所讀之書、未歷所歷之境前，杜詩不可注、不必注。畢沅於《杜詩鏡銓・序》中曾說：

> 杜拾遺集詩學大成，其詩不可注，亦不必注。何也？公原本忠孝，根柢經史，沉酣於百家六藝之書，窮天地民物古今之變，歷山川兵火治亂興衰之蹟；一官廢黜，萬里饑驅，平生感憤愁苦之況，一一託之歌詩，以涵泳其性情，發揮其才智；後人未讀公所讀之書，未歷公所歷之境，徒事管窺蠡測，穿鑿附會，刺刺不休，自矜援引浩博，真同癡人說夢，於古人以意逆志之義，毫無當也。此公詩之不可注也。公崛起盛唐，紹承家學，其詩發源於《三百篇》及楚《騷》、漢魏《樂府》，吸羣書之芳潤，擷百代之精英，抒寫胸臆，鎔鑄偉辭，以鴻博絕麗之學，自成一家言；氣格超絕處，全在寄託遙深，醖釀醇厚，其味淵然以長，其光油然以深，言在此而意在彼，欲令後之讀詩者，深思而自得之；此公詩之不必注也。[6]

由於杜甫集詩學大成的緣故，因此杜詩在箋注上恐非易事，所謂「其詩不可注，亦不必注」；而「其詩不可注，亦不必注」的機樞即在於閱覽群書與平生旅歷。

　　也就是說，無論解讀杜詩或箋注杜詩，皆須具備與杜甫相同（或近似）的閱讀經驗與人生經歷。「閱讀經驗」即「讀萬卷書」，杜甫曾言的「讀書破萬卷，下筆如有神」（〈奉贈韋左丞丈二十二韻〉）；「人生經歷」即「行萬里路」，周端臣嘗云的「杜陵子美夸壯遊，一身幾

---

6　〔清〕畢沅：〈杜詩鏡銓序〉，見《杜詩鏡銓》（臺北：華正書局，1986年），頁1-2。

走半九州」（〈送翁賓暘之荊湖〉）。[7]蔡夢弼〈杜工部草堂詩箋跋〉曾說：「少陵先生，博極羣書，馳騁今古，周行萬里，觀覽謳謠，發為歌詩，……。」[8]「博極群書」「周行萬里」即「讀萬卷書」「行萬里路」之意。「讀萬卷書」與「行萬里路」乃杜甫創作詩歌的兩個重要條件。假若讀者無法達到這些標準，那麼解讀與注釋杜詩恐非易與的事情。

## 第二節　讀萬卷書、行萬里路與蓄萬種意

前賢以為讀杜或注杜的要件在於學者與杜甫兩者地位須相近，所謂「去少陵地位不大遠」者，陸游〈跋柳書蘇夫人墓誌〉曾說：「近世注杜詩者數十家，無一字一義可取。蓋欲注杜詩，須去少陵地位不大遠，乃可下語。」[9]注杜者若與少陵地位差距過遠，注杜恐無一字一義可取；反之，為免注杜一無可取，去少陵地位不可太遠，學識旅歷須相仿，始可落筆注詩。此外，王鐸〈跋杜詩虞趙註〉也曾說：「註杜者不下數十家，半肓牽合。學者讀書著作，解悟少陵，地位必相孚已近，則真气通真气，不通不如無附會也。」[10]由於學者與少陵地位相去過遠，真氣不通，致解悟時半有湊合。若為規避牽合之病，

---

7　〔宋〕陳起編：《江湖後集》，見《文淵閣四庫全書》，第1357冊，卷3，頁745。

8　〔宋〕魯訔編次、蔡夢弼會箋：《草堂詩箋》（臺北：廣文書局，1971年），「序」，頁20。

9　〔宋〕陸游：〈跋柳書蘇夫人墓誌〉，見《陸放翁全集》（臺北：世界書局，1990年），上冊，卷31，「跋」，頁192。另外，胡震亨亦曾云：「陸務觀云：『近世注杜詩者數十家，無一字一義可取。欲注杜詩，須去少陵地位不大遠，乃可下語。今諸家徒欲以口耳之學，揣摩得之，不如勿注可也。』此言誠然。」（《唐音癸籤》，見《文淵閣四庫全書》，第1482冊，卷32，頁718）

10　〔清〕王鐸：《擬山園選集》，見《四庫禁燬書叢刊》（北京：北京出版社，2000年），集部第87冊，卷38，頁554。

解悟杜詩當「地位相近」。「地位相近」的內涵有三：

首先，古人認為讀杜或注杜須具備「讀萬卷書」與「行萬里路」兩個條件。這是杜詩學中的主流觀點，茲將例證羅列如下：

> 董居誼說：「有謂工部胷中凡幾國子監，又謂不行一萬里，不讀萬卷書，不可以觀杜詩。」[11]

> 朱鶴齡（1606-1683）說：「客有譙于余曰：子何易言注杜也？書破萬卷，途行萬里，乃許讀杜。子足不踰丘里，目不出兔園，日取詩史而排纂之、穿穴之，冀以自鳴于世，吾恐觚棱刓而揶揄者隨其後也。」[12]

> 董元愷（？-1687）說：「昔人云：『不行萬里途，不讀萬卷書，不可讀杜詩。』杜詩豈易讀哉？」[13]

> 王封溁（1641-？）說：「然而杜詩正未易讀也，昔人謂：『不行萬里路，不讀萬卷書，不可以讀杜。』」[14]

> 浦起龍（1679-1761後）說：「昔人云：『不讀萬卷書，不行萬里地，不可與言杜。』」[15]

---

11　〔宋〕董居誼：〈補注杜詩原序〉，見《補注杜詩》，頁4。

12　〔清〕朱鶴齡：〈輯注杜工部集序〉，見《杜工部詩集輯注》（保定：河北大學出版社，2009年），頁4。

13　〔清〕董元愷：〈序〉，見《杜詩論文》（臺北：臺灣大通書局，1974年），第1冊，頁49。

14　〔清〕王封溁：〈杜詩說略序〉，見《清代杜集序跋滙錄》，頁144。

15　〔清〕浦起龍：〈讀杜心解發凡〉，見《讀杜心解》（北京：中華書局，2000年），頁6。另外，仇兆鰲（1638-1717）〈附進書表〉也說：「世言：『不讀萬卷書，不行萬里地，皆不可以讀杜。』」見《杜詩詳註》（臺北：里仁書局，1980年），第3冊，頁2352。

　　「讀萬卷書」與「行萬里路」並非橫空出世，除前述所云源自杜
甫詩句與其自身經歷外，目前所見，後世最早提出相關概念並形諸文
字者，當屬宋朝王直方（1069-1109）。王直方曾說：「古詩云『博山
爐中百和香，鬱金蘇合及都梁』又『氍毹五木香，迷迭〔艾納〕及都
梁』。嘗按《廣志》：都梁香出交廣，形如藿〔香〕。迷迭出西域，魏
文帝又有〈迷迭賦〉。信乎不行一萬里，不讀萬卷書，不可看老杜詩
也。」[16] 王直方由古詩的閱讀經驗，進而領悟讀杜的必要條件。古詩
中本有許多詞彙事蹟，倘若書讀不多，識見不廣，恐難以理解詩中的
諸多事蹟語彙。概括而言，詞彙事蹟等的解讀須學博歷廣。今杜詩中
同樣載有諸多語彙事蹟，因此杜詩的詮釋條件當為讀萬卷書、行萬里
路。王楙（1151-1213）《野客叢書》「古詩香事」對此曾說：「大凡古
詩中多有事蹟，但人讀書不多，見識不廣，所以不知。使不觀《廣
志》等書，孰知『都梁』等香事？因悟或者所謂『不行一萬里，不
讀萬卷書，不可看杜詩』之語為信然。」[17] 從古詩的閱讀經驗中，概
括事蹟詞彙的解讀條件乃古今閱覽、萬里跋涉；此概括小結又作為杜
詩解讀的前提，進而可以推出「看老杜詩須讀萬卷書、行一萬里」的
結論。

　　何以讀杜、注杜的條件是讀萬卷書、行萬里塗呢？這是由於杜甫
在創作上能囊該人情事理，極盡政事風俗民情，無所不紀，成一代巨
作，因此讀杜與注杜須行萬里途，讀萬卷書。李東陽（1447-1516）
〈瓊臺吟稿序〉曾說：「昔人謂：必行萬里道，讀萬卷書，乃能讀杜
詩。蓋杜之為詩也，悉人情，該物理，以極乎政事風俗之大，無所不

---

16　〔宋〕王直方：《王直方詩話》，見《宋詩話輯佚》（臺北：華正書局，1981年），頁
　　23。
17　〔宋〕王楙：《野客叢書》，見《全宋筆記》（鄭州：大象出版社，2013年），第6
　　編，第6冊，卷22，頁287。

備,故能成一代之制作,以傳後世,非惟不易學,亦不易讀也。」[18]
學者若未泛覽古今,行履萬里,恐不易讀杜或注杜。方孝標(1618-
1696)〈問齋杜意序〉也曾說:「昔人云:不讀萬卷書,不行萬里路,
不可以注杜。蓋言其取材弘而舉義遠也。」[19]杜詩取材弘博,無所不
陳;又出入古今,用意深遠。因而杜詩在解讀與箋注上須行萬里路,
讀萬卷書,始能「去少陵地位不大遠」。

其次,前賢以為讀杜或注杜尚須具備「蓄萬種意」這個條件。這
是清人陳式(1613-?,號問齋)提出來的見解。吳子雲〈問齋杜意
序〉認為:注書本難,注詩亦難,注杜詩尤難。注杜詩尤難是因為箋
注者往往只徵引表面典實出處,無法掌握深層用意指歸。〈問齋杜意
序〉說:

> 注書難,注杜尤難。郭象之注《莊》、酈善長之注《水經》,後
> 人猶有遺議,此注書之難也。陸務觀不敢注東坡,元遺山亦恨
> 無人注西昆,此注詩之難也。注詩而至于杜,則尤戞戞乎難
> 之。為訓詁之學者,第徵其故實所自出,而不得其用意之指
> 歸。于是乎注益多,而杜意益晦。……。昔人謂「不讀萬卷
> 書,不行萬里路,不可與讀杜」,問齋則謂「人胸中不蓄杜萬
> 種意,亦不可與注杜」。且問齋固不獨善注杜而已,又雅善談
> 杜。[20]

因為學者與杜甫的學識經歷境界差距過遠,致使注杜時往往流於證引

---

18 〔明〕李東陽:《懷麓堂集》,見《文津閣四庫全書》(北京:商務印書館,2006
   年),第1254冊,卷27,頁83。
19 〔清〕方孝標:〈問齋杜意序〉,見《清代杜集序跋滙錄》,頁64。
20 〔清〕吳子雲:〈問齋杜意序〉,見《清代杜集序跋滙錄》,頁68。

典故，茫失旨意。而解悟詩意的方式，除了「讀萬卷書，行萬里途」外，更在胸中能「蓄萬種意」，不僅洞悉語詞源流，更冀發命意指歸，如此，始能讀杜或注杜。

　　張英（1637-1708）直接區分「注」與「意」兩個不同層次，特意標舉「注」「意」兩層是為避免重蹈前人（尤其宋人）注杜只顧援引故實，而忽視少陵詩意的積弊。在杜詩上，「注」是徵引故實，探明字句根據。「意」謂闡述微旨，申發言外隱意。進一步言，「注」乃注家援引事實，查考典故，弘搜廣拾，使字句能有據依。「意」是詩人隱微旨意，無論是隱於詩中或側出詩外，皆須由說詩者揭露。張英〈杜意序〉說：

> 古今注杜者不止一家，然皆謂之注，陳子問齋是編，獨謂之意。甚矣！學者能明乎注與意之所以分，而後可與讀是編也。注者，徵引事實，考究掌故，上自經史，以下逮于稗官雜說，靡不旁搜博取，以備注腳，使作者之一字一句皆有根據，是之謂注。意者，古人作詩之微旨，有時隱見于詩之中，有時側出于詩之外。古人不能自言其意，而以詩言之；古人之詩，亦不能自言其意，而以說詩者言之。是必積數十年之心思，微氣深息，以與古人相遇，時而晤言一室，時而游歷名山大川，晦明風雨，寢處食息，無一非古人，而後可言其意也。昔人云：胸中不貯萬卷書，不可與讀杜詩。此猶以注言也，如以意言，胸中即貯萬卷書，遂可以讀杜詩乎？[21]

　　何以詩歌微旨奧義須由說詩者來揭示呢？一方面，這是因為詩歌微旨不能由作者直言其意，作者既選定詩歌來表達意旨，這代表此時

---

21　〔清〕張英：〈杜意序〉，見《清代杜集序跋滙錄》，頁61。

詩歌較其他文類更適合表現作者內心旨意，作者因而不宜直言詩歌微意；另一方面，這是由於詩歌微旨本不宜由詩歌自身逕言其意，它是以形象語言為表達方式，以含蓄蘊藉為最高境界。

詩歌微旨既是由說詩者言之，說詩者如何能言詩中之意呢？須蓄積數十年心思，以與古人相遇。「積數十年之心思」當即陳問齋「蓄杜萬種意」（見前引文）。胸中只貯萬卷書還不可讀杜或注杜，尚需行萬里路與蓄萬種意，所謂「如以『意』言，胸中即貯萬卷書，遂可以讀杜詩乎？」答案當然是否定的。那麼，讀杜或注杜的條件當為：讀萬卷書、行萬里路與蓄萬種意。

簡言之，讀杜或注杜不僅需要通曉掌故出處，尚需探求詩歌命意，[22] 兩者同等重要，不可偏廢，夏力恕〈杜文貞詩自序〉即曾說：「注杜千家，未易枚舉，得後起諸鉅公，所謂『無一字無來歷』，搜羅向盡矣。密于徵事則疏于命意，其憂國憂民而轉去轉遠。」[23] 倘若失衡偏頗，恐違杜詩要義，兩者須等量齊觀，平等對待，外內兼備。

讀杜與注杜的機樞在於典故出處與微旨隱意；而援引典實與尋求詩意的途徑正在於讀萬卷書、行萬里路與蓄萬種意。因此，讀杜或注杜的關鍵乃在於讀萬卷書、行萬里路與蓄萬種意三者。倘若查考，則會發現：杜甫「讀萬卷書」（或「行萬里路」）與杜詩「無一字無來處」關係極為密切。

---

22 〔宋〕陸游《老學庵筆記》（北京：中華書局，2005年）說：「今人解杜詩，但尋出處，不知少陵之意，初不如是。且如〈岳陽樓詩〉：『昔聞洞庭水，今上岳陽樓。吳楚東南坼，乾坤日夜浮。親朋無一字，老病有孤舟。戎馬關山北，憑軒涕泗流。』此豈可以出處求哉！縱使字字尋得出處，去少陵之意益遠矣。蓋後人元不知杜詩所以妙絕古今者在何處，但以一字亦有出處為工。如《西崑酬倡集》中詩，何曾有一字無出處者，便以為追配少陵，可乎？」（卷7，頁95）亦即：讀杜須兼顧字詞出處與少陵詩意。

23 〔清〕夏力恕：〈杜文貞詩自序〉，見《清代杜集序跋滙錄》，頁260。

# 第三節　杜詩無一字無來處

　　古人認為「讀書破萬卷」乃杜甫創作詩歌的根柢之一。曾噩〈九家集注杜詩序〉曾說：「『讀書破萬卷，下筆如有神』，此杜少陵作詩之根柢也。」[24]杜甫創作核心既在於讀多閱廣，那麼，杜詩表現在創作上的特色即是運典。[25]

　　宋人曾提出杜詩「無兩字無來處」（或來歷）的見解，譬如，孫覺（1028-1090）曾說：「杜子美詩無兩字無來處。」[26]另外，王楙（1151-1213）「杜詩合古意」也曾說：「前輩謂老杜詩無兩字無來歷。」[27]這意指杜詩語彙都有出處，都是典故。宋人甚至進一步揭示杜詩「無一字無來處」的看法，譬如，黃庭堅（1045-1105）〈答洪駒父書三首〉說：「老杜作詩，退之作文，無一字無來處。蓋後人讀書少，故謂韓、杜自作此語耳。」[28]世人何以無法覺察杜詩「無一字無來處」這種創作現象而以為是杜甫的自創語呢？這是因為後輩讀書少的緣故——離少陵地位太遠。讀少識淺是無法體會覺察杜詩「無一字

---

24　〔宋〕郭知達：《九家集註杜詩》（臺北：臺灣大通書局，1974年），頁7。此外，施德操（1161左右）也說：「正夫嘗論杜子美陶淵明詩云：『子美讀盡天下書，識盡萬物理，天地造化古今事物盤礡鬱結于胸中，浩乎無不載，遇事一觸則發之于詩。』」見《宋詩話全編》（南京：江蘇古籍出版社，1998年），第3冊，頁3318。又，黃生〈杜詩概說〉也曾說：「『讀書破萬卷，下筆如有神』，公之自道其詩者，即他人不能贊一辭矣。」見《杜工部詩說》，頁13。最後，洪力行也曾說：「老杜詩一下筆，皆從破萬卷得來，豈可一知半解，率爾注釋！」見《清代杜集序跋滙錄》，頁128。

25　〔清〕李沂《秋星閣詩話》「勉讀書」說：「昔人謂子美詩無一字無來處，由讀書多也。」見《清詩話》（臺北：西南書局，1979年），頁843。

26　〔宋〕林希逸：《竹溪鬳齋十一稿》，見《南宋文學批評資料彙編》（臺北：成文出版社，1978年），頁504。

27　〔宋〕王楙：《野客叢書》，見《全宋筆記》，第6編，第6冊，卷19，頁249。

28　〔宋〕黃庭堅：《山谷集》，見《文淵閣四庫全書》，第1113冊，卷19，頁186。

無來處」的特質。反之，識破杜詩「字字有來處」創作特色的必要條件即讀多閱廣。「博聞閎覽」與「無一字無來處」關係密切。這反映了宋人為刻意強調杜甫博覽群書、精熟典實因而誕生的一種說法。[29]

「無一字無來處」其意當即「字字有來處」（或出處），黃庭堅〈論作詩文〉說：「如老杜詩，字字有出處，熟讀三、五十遍，尋其用意處，則所得多矣。」[30]這意謂杜詩字字都有來處，皆是故實。李之儀（1048-1117）〈雜題跋〉也曾說：「作詩要字字有來處，但將老杜詩細考之，方見其工；若無來處，即謂之亂道，亦可也？」[31]為免流於亂道胡說，字字因此講究出處，要求依據；若能仔細查考，究其源流，方見其運字工巧。這些文獻標誌著宋人理解杜甫運典的發展軌跡，從「無兩字無來處」走向為「無一字無來處」；由「無兩字無來處」推進成「字字有來處」。這時宋人理解杜甫用典的程度已臻至極

---

29 莫礪鋒《杜甫詩歌講演錄》（桂林：廣西師範大學出版社，2007年）說：「宋人認為，杜甫的學識非常廣博，杜甫自己說過：『讀書破萬卷，下筆如有神。』他讀了很多書，讀得非常熟，所以他進行詩歌創作的時候，他所掌握的那些前代典籍、前代文化的知識都體現在他的作品中。這一點本來是不錯的，杜詩確實是有這個特點，但是宋朝人把這方面的認識推向了極端。推向極端以後，就出現了下面這樣的論點。……。孫覺有一句很著名的話，他說：『杜子美詩，無兩字無來處。』……。孫覺的這句話後來不斷有人複述，比較有名的就是南宋的王楙，他在其《野客叢書》中重複了這個觀點，認為杜詩中每兩個字都是有出處的。……。黃庭堅在寫給他的外甥洪駒父的書信中說：『自作語最難，老杜作詩，退之作文，無一字無來處。』……。當你為杜詩作做解的時候，你一定要為每個字找到它的來歷，沒找到的話，你就注得不夠全面。我們看看李復的話，李復在一封書信中說『杜讀書多，不曾盡見其所讀之書，則不能盡注』。杜甫讀了很多很多書，假如你沒有讀過杜甫那麼多書的話，你就沒有辦法完整地為杜詩做注解，因為有些句子的來歷你不知道。我想，這樣一種觀念，對杜詩的這樣一種看法，會極大地影響宋人為杜詩做的注解。」（頁37-38）莫礪鋒的說法極為整全。

30 〔宋〕黃庭堅：《山谷別集》，見《文淵閣四庫全書》，第1113冊，卷6，頁592。

31 〔宋〕李之儀：《姑溪居士後集》，見《文淵閣四庫全書》，第1120冊，卷15，頁695。

致。此後「無一字無來處」（或來歷）說在杜詩學中，幾乎已變成杜甫使典的基本看法。

　　就解讀言，黃庭堅認為：若要洞悉杜詩「字字有來處」的特色，讀者必須要學富閱廣；就創作言，杜詩能「字字有來處」，這是因為杜甫飽讀書冊，洞曉典故的緣故，因此能臻至用字遣詞有來處的現象。譬如，趙次公（1134-1147左右在世）說：「余喜本朝孫覺莘老之說，謂『杜子美詩無兩字無來處』，又王直方立之之說，謂『不行一萬里，不讀萬卷書，不可看老杜詩』。因留功十年，注此詩。稍盡其詩，乃知非特兩字如此耳，往往一字緊切，必有來處，皆從萬卷中來。」[32]趙次公以「注杜」方式確證了杜詩「字字有來處」的特色，使抽象觀念得以走向具體印證，更以「皆從萬卷中來」解釋杜甫運詞使字必有來處這個創作現象。

　　又如，潘德輿（1785-1839）《養一齋李杜詩話》也說：「黃氏庭堅曰：『子美作詩，退之作文，無一字無來處，後人讀書少，故謂杜、韓自作此語耳。古之能文章者，直能陶冶萬物，雖取古人陳言入翰墨，如靈丹一粒，點鐵成金也。』按《東皋雜錄》云：『或問荊公，杜詩何故妙絕古今？荊公云：老杜固嘗言之：『讀書破萬卷，下筆如有神。』』予考『破』字之義，張氏邁可謂『識破萬卷之理』，仇氏滄柱謂『熟讀則卷易磨』。愚以張氏為近之，惟其識破萬卷之理，故能無一字無來處，而又能陶冶點化也。」[33]黃庭堅的杜詩「無一字無來處」說，反映北宋士人要求讀書實學，藉由閱讀承繼化用古人陳言，呈現創新進化的精神，並以杜甫為長存的典範。杜甫為萬世宗匠是因為讀

---

32 〔宋〕趙次公注，林繼中輯校：《杜詩趙次公先後解輯校》（上海：上海古籍出版社，1994年），頁1。

33 〔清〕潘德輿：《養一齋李杜詩話》，見《杜甫詩話六種校注》（濟南：齊魯書社，2004年），卷2，頁293-294。

破萬卷書，通透萬物理，博取陳言，裁剪故實，融器識於字句中，所以杜詩能無一字無來處，又變化出之，杜詩因而可以絕妙古今。

最後，張世煒（1653-1724）〈讀杜管窺自序〉也曾說：「雪窗逸史曰：少陵云『讀書破萬卷，下筆如有神』，又云『文章千古事，得失寸心知』，此少陵自言其學之所至也。而黃魯直云『不讀書十年，不行地千里，不可看杜詩』、『杜詩無一字無來處』。夫以少陵之學之識如此，所以驚風雨、泣鬼神而光焰萬丈也。後世無少陵之學之識，而欲以一知半解以注杜，誠難言矣。」[34]杜甫學多識廣，因此運筆如有神助，能「無一字無來處」；後人倘若學少識淺，與杜天差地遠，恐無法識破杜詩字詞來處，淪於「以一知半解以注杜」。

準此，就創作言，「讀萬卷書」是「無一字無來處」的充分條件之一，亦即：由於杜甫博極群書，精熟故實，因此杜詩「無一字無來處」。就讀杜或注杜言，「讀萬卷書」是「無一字無來處」的一個必要條件，亦即：洞悉杜詩字詞來歷端賴世人學識。[35]

自黃庭堅提出杜詩「無一字無來處」說後，此觀念深深地影響宋人注杜的方法。由於杜甫「讀書破萬卷」，創作上呈現出「無一字無來處」面向；對於杜詩的「無一字無來歷」，宋人在注注上採取的應對策略，即是廣搜杜詩出處，援引經史群書，有時只為矜博務奇，不惜穿鑿附會，甚至杜撰偽造。譬如，楊倫〈杜詩鏡銓凡例〉說：

　　自山谷謂杜詩無一字無來處，注家繁稱遠引，惟取務博矜奇，

---

34 〔清〕張世煒：〈讀杜管窺自序〉，見《清代杜集序跋滙錄》，頁211-212。

35 另外，李復〈與侯謨秀才〉也曾說：「承問杜詩所用事實。杜讀書多，不曾盡見其所讀之書，則不能盡注。」（《潏水集》，見《文淵閣四庫全書》，第1121冊，卷5，頁51）世人倘若無法盡見杜甫所讀之書，恐不能盡注杜詩。換言之，在讀杜或注杜上，「讀萬卷書」是必備條件。

　　如「天棘」「烏鬼」之類，本無關詩義，遂致聚訟紛紜。[36]

當杜詩被推向「字字有出處」的地位時，每個字詞理論上應當都可尋
獲典籍文化上的來歷，於是注家遠尋近引，以求索出處為注箋的優先
原則，非以詩義為依歸，甚至貪多務博，矜珍炫奇，致使詮釋上的歧
出或錯訛。又如，吳廷颺（1799-1870）〈歲寒堂讀杜序〉也說：

> 注杜者，自荊公稱其無一字無來歷，而後之注者數十家，務矜
> 詳備，則穿鑿附會隨之，……。[37]

由於杜詩以「無一字無來歷」見稱，因此後世注家旁搜博取，誇備責
全，細大不捐，於是鑿空瞽說妄生，沾染揣測訛謬習氣。郭紹虞於
〈杜詩鏡銓前言〉也說：

> 自杜詩無一字無來處之說興，而注杜者遂又多徵引典實之
> 作。……。杜甫「讀書破萬卷」，沒有杜甫之學當然也不易理
> 解杜甫之詩，但字字求解，都要找出來處，甚至搜羅僻典而與
> 詩義無關，則將以眩博，也適形其陋而已。[38]

---

36　〔清〕楊倫：〈杜詩鏡銓凡例〉，見《杜詩鏡銓》，頁11。

37　〔清〕吳廷颺：〈歲寒堂讀杜序〉，見《清代杜集序跋滙錄》，頁366。就目前所見資
　　料言，杜詩「無一字無來處」（或「來歷」）說，當為黃庭堅所言，非王安石之語。

38　郭紹虞：〈杜詩鏡銓前言〉，見《杜詩鏡銓》，頁1。另外，宋濂〈杜詩舉隅序〉曾
　　說：「杜子美詩，實取法《三百篇》，有類《國風》者，有類《雅》《頌》者，雖長
　　篇短韻，變化不齊，體段之分明，脈絡之聯屬，誠有不可紊者。注者無慮數百家，
　　奈何不爾之思？務穿鑿者，謂一字皆有所出，泛引經史，巧為傅會，檀釀而叢脞。
　　騁新奇者，稱其一飯不忘君，發為言辭，無非忠君愛國之意。至於率爾咏懷之作，
　　亦必遷就而為之說。說者雖多，不出於彼，則入於此。子美之詩，不白於世者，五
　　百年矣。」〔明〕宋濂著、羅月霞主編：《宋濂全集》（杭州：浙江古籍出版社，
　　1999年）（全4冊），第2冊，頁1086-1087。

「無一字無來處」說興起之後，杜詩注家奉為圭臬，因此箋注時字字探尋出處，捃拾掌故，甚至囊討僻典，誇炫廣博，隨意繫合，漏失詩義，使杜詩箋注流於鄙陋下乘。

黃庭堅高舉杜詩「字字有出處」後，宋代注家恪遵為條則，遂採「字字尋出處」作為應對策略。姑不論杜詩是否真屬「字字有出處」；即便杜詩真能「字字有出處」，但這並不意指後世注家可以求得字字本源。倘若無法考究字詞來處，暫置闕疑也許是個合適的方法。

由於注杜舊家堅信杜詩字字必有依據，注解時若尋無來歷時，不惜編撰故事，設為事實，以箋注杜詩。譬如，管檝〈杜詩說略序〉說：「注杜者其蔽有二：一謂少陵用句用字必有依據，旁及子傳稗史，皆為引證；甚至偽撰故事以實之，其蔽也固。一謂少陵生當天寶，流離秦州，寄迹浣花、瀼水之間，棲遲遷徙，單詞片語，必附會時事，而曲為之解，其蔽也支。」[39]注杜舊家一方面以現成杜詩的單詞片語牽合本無相關時事，曲解注杜。另一方面認為杜詩字句必有根柢，於是博引旁搜；若書皆不載，則虛撰故事，編為事實，箋解杜詩。

又如，邵長蘅〈杜詩臆評序〉也說：「古今注杜詩者亡慮數百家，其弊大約有二：好博者謂杜詩用字必有依據，捃摭子傳稗史，務為泛濫；至無可援證，則偽撰故事以實之，其弊也窒塞而難通。鉤新者謂杜詩一字一句皆有寄托，乃穿鑿其單辭片語，傅會時事而曲為之說，其弊也支離而多妄。」[40]求新炫奇者認為杜詩字句皆有寄託，於是穿鑿杜詩詞語，隨意湊合時事，注解杜詩。好博務廣者以為杜詩用字必有據依，於是泛引軼事子傳；無法援引，則杜撰故事，假為實情，妄注杜句。

---

39 〔清〕管檝：〈杜詩說略序〉，見《清代杜集序跋滙錄》，頁145。
40 〔清〕邵長蘅：〈杜詩臆評序〉，見《清代杜集序跋滙錄》，頁161。

　　又如，宋犖〈讀書堂杜工部詩集注解序〉也曾說：「大抵諸家註杜有二病：曰摭實之病，曰鑿空之病。『摭實』者，謂子美讀書萬卷，用字皆有據依。掜摭子傳稗史，驚為汎濫。至無可援證，或偽撰故事以實之。『鑿空』者，謂少陵號詩史，又謂一飯不忘君，每一字一句必有寄託，乃穿鑿單辭，傅會時事，而曲為之說。而所為深刺隱訽，往往陷少陵於險薄而不自知。」[41]注杜犯鑿空架虛之病者，認為杜甫號為詩史，每飯不忘君王，因此創作時字句必有託寄；注解時穿鑿杜詩單辭片語，傅合時事，曲為解說。犯掜摭典故之蔽者，以為杜甫讀書破萬卷，精熟典實，因此創作時用字皆有據依；注解時泛引子傳野史，無證可徵，即偽撰當之。宋犖明確指出：杜甫由於能「讀書破萬卷」，杜詩因此「無一字無來處」，注家於是博取泛引；無可證引，則偽撰故事，託為實情，注解杜詩。從杜甫「讀書破萬卷」至「無一字無來處」；自「字字有來處」到廣引博取，無證可徵，則假造實之，流弊自茲而生，宋犖的理路最為清晰。

　　文學用語可分為兩個層面：一是用自立語，即作者使用自己獨創的新語，沒有沿襲陳言，此為最難；二是用古人語，前賢或稱為「使事」，用古人語又難於不著痕跡；採古人語而不露筋骨，前人或謂「使事如不使」，善於順應變化者始能得之。陳善《捫蝨新話》「韓文杜詩用字有來處」說：

　　　　文人自是好相採取。韓文、杜詩號不蹈襲者，然無一字無來
　　　　處。乃知世間所有好句，古人皆已道之，能者時復暗合孫、吳
　　　　耳。大抵文字中，自立語最難。用古人語，又難於不露筋骨。

---

41 〔清〕宋犖：〈讀書堂杜工部詩集注解序〉，見《讀書堂杜工部詩文集註解》（濟南：齊魯書社，2014年），頁1。

此除是具倒用大司農印手段始得。[42]

杜詩的特色之一是「字字有來處」,「字字有來處」無論是就語典或事
典言,皆屬「用典」或「用古人語」的範圍。杜甫除自立語外,也善
採佳言妙語,又能應變出之,不留形跡,因此杜詩號「不蹈襲者」。
杜甫這種變化古語,杳無蹤跡,古人所謂「使事如不使」[43]。方深道
(1124左右)《諸家老杜詩評》說:

> 杜少陵云:「作詩用事,要如釋語『水中著鹽』,飲水乃知鹽
> 味。此說詩家秘密藏也。如『五更鼓角聲悲壯,三峽星清影動
> 搖』。人徒見凌轢造化之工,不知乃用事也。〈禰衡傳〉:撾漁
> 陽摻,聲悲壯。《漢武故事》:『星辰影動搖,東方朔謂民勞之
> 應。』則善用故事者,如繫風捕影,豈有迹耶?[44]

準此,杜甫採用古語而能變化出之,使人不知其用事;用古人語
卻不顯影跡,古人稱為「水中著鹽」或「渙然冰釋」。運典如何能臻
至「水中著鹽」或「渙然冰釋」的境界呢?在於「讀書破萬卷」,且
能變化出之。喬億《劍谿說詩》說:「杜子美『讀書破萬卷,下筆如
有神』。何謂『破』?渙然冰釋也。如此則陳言之務去,精氣入而粗

---

42 〔宋〕陳善:《捫蝨新話》,見《全宋筆記》(鄭州:大象出版社,2012年),第5
編,第10冊,卷9,頁71-72。

43 〔清〕顧嗣立《寒廳詩話》說:「作詩用故實,以不露痕迹為高,昔人所謂『使事
如不使』也。盛庶齋如梓謂:『杜詩:『荒庭垂橘柚,古壁畫龍蛇。』皆寓禹事,於
題禹廟最切。』」《清詩話》,頁73。

44 〔宋〕方深道:《諸家老杜詩評》,見《杜甫詩話六種校注》,卷3,頁53。另外,薛
雪《一瓢詩話》也曾說:「作詩用事,要如釋語『水中著鹽』,飲水乃知。杜少陵以
錦襴傳人,人自不能承當。」(《清詩話》,頁648)

穢除，是以『有神』。」[45]杜甫讀書超過萬卷，識盡物理，精曉掌故，器識弘曠，使字字能有來處；既善採古語，又鎔鑄變化，不露跡痕；用典如「水中著鹽」，又似「渙然冰釋」，乍看渾然不覺，細讀乃知用事。如此，杜詩蛻去陳言，文字彷如自創語，羽化而「有神」。

## 第四節　無一字無來處與詩史

　　杜詩學中，黃庭堅不僅稱杜詩「無一字無來處」（及「字字有出處」）；也曾稱杜甫「千古是非存史筆」，黃庭堅於〈次韻伯氏寄贈蓋郎中喜學老杜之詩〉詩云：

> 老杜文章擅一家，國風純正不敧斜。帝閽悠邈開關鍵，虎穴深沈探爪牙。千古是非存史筆，百年忠義寄江花。潛知有意升堂室，獨報遺編校舛差。[46]

「千古是非存史筆」即詩中寓寄是非褒貶之意，古人稱為「詩中之史」（或「詩史」）。譬如：

> 仇兆鰲〈杜詩凡例〉「杜詩褒貶」說：「自元微之作〈序銘〉，盛稱其所作，謂自詩人以來，未有如子美者。故王介甫選四家詩，獨以杜居第一。秦少游則推為『孔子大成』，鄭尚明則推為『周公制作』，黃魯直則推為『詩中之史』，羅景綸則推為『詩中之經』，楊誠齋則推為『詩中之聖』，王元美則推為『詩

---

45　〔清〕喬億：《劍谿說詩》，見《清詩話續編》（臺北：藝文印書館，1985年），第2冊，卷上，頁1069。

46　〔宋〕黃庭堅：《山谷外集》，見《文淵閣四庫全書》，第1113冊，卷14，頁529。

中之神』。」<sup>47</sup>

吳瞻泰〈評杜詩略例〉說:「子瞻謂學詩當以子美為師,有規
矩法度,故可學;黃魯直則推為『詩中之史』;羅景綸則推為
『詩中之經』;楊誠齋則推為『詩中之聖』;王鳳洲則推為『詩
中之神』。諸家所論雖不同,而莫不以法為宗焉。」<sup>48</sup>

陳光緒〈杜文貞詩集敘〉說:「詩莫盛于唐,唐莫粹于杜。從
來知杜者不一家,元微之謂:詩人以來,未有如子美,即李白
尚不能窺其藩翰。韓退之謂:屈指詩人,工部全美。嗣後王介
甫選四家,獨取冠篇。秦少游則推為『孔子大成』,鄭尚明則
推為『周公制作』,他若黃魯直、王元美等又有『詩中史』、
『詩中經』、『詩中聖』、『詩中神』之論。是杜之陵古轢今,超
前絕後,業有定評,豈容予贅?」<sup>49</sup>

黃庭堅稱譽杜詩「無一字無來處」,又盛讚杜甫為「詩中之史」。這兩
者極可能存在關係。也就是說,從前述這兩段文獻可以判斷:黃庭堅
察覺杜詩「無一字無來處」(及「字字有出處」)的特色是來自史傳散
文的創作技法。

進一步說,「無一字無來處」為「詩史」的理由,原因在於「字
字有出處」意指詩歌用字有依據,可以找到來處,有證據可尋。譬

---

47 〔清〕仇兆鰲:《杜詩詳注》,頁23。另外,劉鳳誥(1761-1830)《杜工部詩話》也
　　說:「自元微之作〈序銘〉,盛稱『詩人以來,未有如子美者』;王介甫選四家,以
　　杜居首;秦少游則推為『孔子大成』;鄭尚明則推為『周公制作』;黃魯直則推為
　　『詩中之史』;羅景綸則推為『詩中之經』;楊誠齋則推為『詩中之聖』;王元美則
　　推為『詩中之神』:崇奉至矣。」(見《杜甫詩話六種校注》,卷5,頁265)
48 〔清〕吳瞻泰:〈評杜詩略例〉,見《杜詩提要》,頁17。
49 〔清〕陳光緒:〈杜文貞詩集敘〉,見《清代杜集序跋滙錄》,頁233。

如，舊題為王彥輔其〈增注杜工部詩序〉說：

> 子美之詩，周情孔思，千彙萬狀，茹古涵今，無有端涯；森嚴
> 昭煥，若在武庫，見弋戟布列，蕩人耳目。非特意語天出，尤
> 工於用字，故卓然為一代冠，而歷世千百，膾炙人口。予每讀
> 其文，竊苦其難曉。如〈義鶻行〉「巨顙折老拳」之句，劉夢
> 得初亦疑之。後覽〈石勒傳〉，方知其所自出。蓋其引物連
> 類，搉摭前事，往往而是。韓退之謂「光燄萬丈長」，而世號
> 為「詩史」，信哉！[50]

杜甫無論是援引物事，連及同類；摘取前事掌故，化用古語，往往字
有所出，能有依據；凡字有所出，能尋其據依，皆可以史名之，因而
世號杜甫為「詩史」。「字有所出」與「史」的關係極為密切。稱
「史」的樞紐就是用字講求依據的精神。姚寬（1105-1162）甚至直
指未嘗誤用事，即為詩史。他說：杜甫因為能正確化用典故，未嘗誤
用事，因而稱為詩史。《西溪叢語》說：

> 杜謂之詩史，未嘗誤用事。[51]

---

50 〔宋〕王彥輔：〈增注杜工部詩序〉，見《補注杜詩》，頁13-14。另亦可參蔡夢弼
《杜工部草堂詩話》，見《杜甫詩話六種校注》，卷1，頁100。此外，〔宋〕魏泰
《臨漢隱居詩話》也曾說：「李光弼代郭子儀入其軍，號令不更而旌旗改色。及其
亡也，杜甫哀之曰：『三軍晦光彩，烈士痛稠疊。』前人謂杜甫句為『詩史』，蓋謂
是也。非但敘塵迹、摭故實而已。」見《歷代詩話》（北京：中華書局，2001
年），上冊，頁318。杜甫號為「詩史」，這是由於其敘事能合於事實，不只是因為
能序陳迹、摭故實而已。這也意指「摭故實」確為「詩史」一種理由。
51 〔宋〕姚寬：《西溪叢語》，見《全宋筆記》（鄭州：大象出版社，2008年），第4
編，第3冊，卷上，頁35。

又如，史繩祖（1192-1274）也說：

> 先儒謂：韓昌黎文無一字無來處，柳子厚文無兩字無來處，余
> 謂杜子美詩史亦然。惟其字字有證據，故以史名。[52]

史繩祖的論述是：由於杜詩無一字無來處，用字皆有證據；凡字字有
證據即可稱之為史，因此杜甫稱為「詩史」。杜甫用字「無一字無來
處」是其號為「詩史」的理由之一。就目前所見文獻言，史繩祖當是
杜詩學中首位將杜甫「無一字無來處」與「詩史」繫聯，並提出合適
且明確理由者。史氏的論述最為清晰整全。又如，王掞〈杜詩會粹
序〉也曾說：

> 世稱杜律、韓碑「無一字無來歷」，注者、讀者所以為難。余
> 意不止于此，宋子京謂「子美善陳時事，世號『詩史』」，則短
> 篇長句，皆有所為而作，苟不得其所以然，雖博引故實，句釋
> 字解，與子美作詩之意無與也。[53]

杜甫在詩歌上「無一字無來歷」，用典沒有涯際，所以杜詩在解讀與
注釋上實屬難事。杜甫又號為「詩史」，一方面這是因為杜甫善陳時
事；另一方面這是由於杜詩短篇長句皆有為而作，在創作上，這包含
了兩個面向：用字與詩意。就用字言，杜甫創作時用字「無一字無來
歷」；就詩意言，皆杜甫有為而作，詩歌有其命意指歸，譬如寄寓褒
貶之意。在解杜或注杜上，相應地也含括兩個面向，就用字言，即徵

---

52 〔宋〕史繩祖：《學齋佔畢》，見《文淵閣四庫全書》，第854冊，卷4，「詩史百注淺
　　陋」則，頁56。
53 〔清〕王掞：〈杜詩會粹序〉，見《清代杜集序跋滙錄》，頁151。

引故實，解釋字句；就詩意言，即探尋旨趣，闡明詩意。杜甫的用字與命意，同等重要，不可偏廢，注者若只博採典實，求其字解句釋，則與杜詩本意無涉。反之，為掌握杜詩命意，亦須洞察故實來歷與字句解釋。易言之，杜甫見稱「詩史」的理由眾多，除了善陳時事外，杜甫在詩歌上託寄褒貶之意；在用字上「無一字無來歷」，講求依據、證據的特點，都是杜甫可以稱為「詩史」的理由之一。

　　古人奉尊杜甫為「詩史」，認為其運字用事必有依據，字皆有出處，後世注家於是掇拾杜詩字句物事，泛援古語，搜羅前事，倘若未顧及詩意，恐有穿鑿附會之虞。譬如，郭知達〈九家集註杜詩序〉說：

> 杜少陵詩，世號「詩史」，自箋注雜出，是非異同，多所牴牾，至有好事者掇其章句，穿鑿附會，設為事實，託名東坡，刊鏤以行，欺世售偽，有識之士，所為深歎。[54]

杜甫以詩中之史著稱，好事者遂穿鑿片言隻語，妄為牽合，設為事實；甚至託名售偽，欺迷世人，眩惑後學。又如，朱珔（1769-1850）〈杜詩選粹序〉也說：

> 詩至杜少陵極矣，……。而解者又因宋儒「詩史」之稱，凡狀景抒情，動援時事相比附，未免穿鑿支離。是則學杜與解杜皆弊也。[55]

由於杜甫被宋人推尊為詩史，字必有據，注家遂將詩中抒情寫景之語，與前代時事兩相比附，相互繫聯，使杜注流於湊合附會。又如，

---

54　〔宋〕郭知達：〈九家集註杜詩序〉，見《九家集註杜詩》，頁5。
55　〔清〕朱珔：〈杜詩選粹序〉，見《清代杜集序跋滙錄》，頁295。

郭紹虞於〈杜詩鏡銓前言〉也曾說：

> 大抵自「詩史」之說興，而注杜者遂多附會史事之論。[56]

自從杜甫「詩史」說興起之後，注家多摘取其單詞片語，附會史事而立論。最後，梁運昌（1771-1827）〈〈題杜工部詩集後十二絕句〉其十二也說：「包羅自昔詩稱史，穿鑿如今史解詩。」詩尾並云：「注：錢氏《杜詩箋》援引史事，最為穿鑿。」[57]自昔以來，杜詩因為多紀時事，皆有據依，因而號為「詩史」；而今注家因「詩史」稱號，動輒援引史事箋解杜詩，最為穿鑿。據此，「詩史」也是杜詩舊注郢書燕說現象的理由之一。

　　總之，杜詩「無一字無來歷」是「詩史」說的諸多理由之一。而杜詩「無一字無來歷」與「詩史」說這兩個觀念，又分別造成宋代以降注杜舊家穿鑿附會的現象。

## 小結

　　自古以來，前賢認為杜詩不易讀也不易注，這是由於杜詩典故出處難覓，微旨命意難尋的緣故，而援引典故與探尋微意在於是否能「讀萬卷書」、「行萬里路」、「蓄萬種意」三者，目的在使「去少陵去位不大遠」，此尤以「讀破萬卷」居關鍵地位。

　　因為杜甫「讀書萬卷」，通曉歷史掌故，字句能尋得根柢，所以古人肯認杜詩用字「無一字無來處」；這個觀念興盛後，反映在注杜上，宋代學者於是通究群書，廣求字句來處，窮青冥而盡黃泉，甚至

---

56 郭紹虞：〈杜詩鏡銓前言〉，見《杜詩鏡銓》，頁1。
57 〔清〕梁運昌：〈題杜工部詩集後十二絕句〉，見《清代杜集序跋滙錄》，頁374。

不惜將杜詩字句與古史時事湊合附會；無證可引時，甚或空撰捏造，妄注杜詩，這使宋代杜注呈現既皓首窮詩、勤懇用功，又造空架虛、藏偽亂真的雙重面向。

這種泛尋來處的注杜風氣，雖是注杜的初始基礎工作，卻也形成宋代十家、百家注杜的特殊現象，甚至出現號稱千家注的盛況。自「無一字無來處」說興後，宋人藉由注解杜詩字句來處，在杜甫方面，一者證明杜甫閱覽群書，「讀書破萬卷」乃杜甫自身經驗與真實寫照；再者證實「無一字無來處」的說法無誤。三者確證杜甫因博學廣覽，精曉掌故，因而能「無一字無來處」的論述。在宋代注家方面，注者透過注杜證明自己能洞視杜詩用字出處，查考源流；憑靠求索故實，表現留心用功，學廣識博的心理寫照。若撇棄假造妄引、冒名售偽等情事，唐代杜甫與宋代注家，在「無一字無來處」這交會點上，其精神相通，乃至映照。

杜甫不僅「讀書破萬卷」，創作時更陶鎔古語，變化機杼，不留行跡，渾似己出，作詩用事如「水中著鹽」，運典如「渙然冰釋」，蛻陳出新，羽化飛昇，因此能「下筆如有神」。由於杜甫創作時「字字有來處」，翰墨能有典據，秉筆能尋證據，杜甫因而奉尊為「詩中之史」。這也是杜甫為「詩史」的眾多理由之一。歸結而言，杜甫不僅記事有依據，用字也有憑據，因而世號「詩史」。

然而，宋代杜注分別從「無一字無來處」與「詩史」說歧出穿鑿附會、甚至假偽故實的流弊。歸根結柢，這是宋人將黃庭堅等發現杜甫「無一字無來處」的創作技巧轉化成注杜的主要原則 —— 徵引典故。證引典實本是杜詩初始重要的研究工作，然而掌故須從屬於詩題與主意之下，非文面相似，即援引湊數；即便字面相同，亦須關合詩意，並考索典故原始。前者防範穿鑿，後者杜絕撰造。換言之，宋人的「轉化」實為「簡化」——將注解或解讀簡化；弊病於茲產生。有

識之士為防流病，消極方面，斧削妄注，如宋代郭知達《九家集註杜詩》。積極方面，或考據原始，如宋人黃鶴、清人錢謙益、朱鶴齡等人，尤以錢氏〈注杜詩略例〉貢獻最大，分項剖例，闡明杜注錯訛因素，當為杜詩考據理論；或重視詩意，如明人王嗣奭、清人黃生、吳瞻泰等人，標舉孟子「以意逆志」讀詩方法，逆測杜詩志意，此中，黃生《杜工部詩說》更以句法解讀杜詩，當為杜詩句法詮釋理論。

　　總之，「無一字無來處」說在杜詩學中已形成一論述：自「讀書破萬卷」到「無一字無來處」；從「字字有來處」至「詩史」說，環環相連，關係緊密。孟棨以降，前人既覺察杜甫有意將詩提昇至史的位階，那麼，進一步查考杜甫對君國的立場態度與終極關懷即屬歷史發展的必然。而杜甫名號從「詩史」轉向「詩聖」，首要中介概念即其對君國的態度——忠君愛國。

# 第四章
# 忠君愛國說

　　杜詩的「忠君愛國」，追根究柢，實以仁為本，上接孔教，不宜因時代潮流而泛濫輕待，浮掠觀之。思潮趨向雖異，恫瘝在身實同。

　　宋代以降，古人意識到杜詩的忠君愛國、憂國愛民特色，卓然雋出，甚至認為其詩可以植綱常、繫風化。那麼，杜詩這種特質是否與孔子《詩》教有關呢？杜詩是否能躡承孔門《詩》教呢？

　　事實上，杜甫的忠君愛國或憂國愛民實乃「事君」精神的體現，而杜甫的「事君」精神與「詩史」「詩聖」的稱號關係密切。杜甫的「事君」精神是其稱號從「詩史」進升「詩聖」的重要關鍵。本章嘗試從微觀的角度討論杜詩可以躡繼孔聖《詩》教的論題。

## 第一節　詩教

　　「詩教」意指《三百篇》的詩歌教化。《詩三百》的教化在詩學上不僅自成一理論體系，也成為傳統詩歌的批評與審美標準。說明如下：

　　首先，就「思無邪」與「溫柔敦厚」而言。孔子認為《三百篇》用一句話可以總括其義，即「思無邪」。《論語‧為政》說：

　　　子曰：《詩三百》，一言以蔽之，曰「思無邪」。[1]

---

1　〔宋〕朱熹：《四書章句集註》（臺北：鵝湖月刊社，2010年），卷1，頁53。

　　朱熹（1130-1200）詮釋說，《詩三百》其善者可以感發實踐價值的善念，其惡者可以警戒放蕩縱欲的心志；揚善止惡可使性情歸於純正，日濡月染下，《三百篇》因而具有性情歸正的效用。朱子說：

> 凡《詩》之言，善者可以感發人之善心，惡者可以懲創人之逸
> 志，其用歸於使人得其情性之正而已。[2]

由於《詩三百》可以美善戒惡，總歸一句，可使心思純正無邪。朱子在此是將「思無邪」解讀為教化的目的，並提出達到此目的的方法。詩人藉由善言感發仁心，憑據惡語懲創逸志，使臻至性情純正。「思無邪」除了可解讀為《三百篇》教化的目的外，也可以理解為詩人的心思狀態。那麼，「《詩三百》，一言以蔽之，曰思無邪」尚有另外一種解讀：詩人心思真誠而無邪純正，詩之善者可以感發善念，惡者可以懲創逸志，歸於性情至正。詩人自身心思純正無邪──即「獨善其身」；進而德化百姓社會情性純正──亦「兼善天下」。據此，「思無邪」一語，為一教化進程，不僅以敷化他人情性為目的；更揭示省察存養自己無邪純正的本心，創作時若能秉持此真誠無邪的情性，始更有成功教化他人的可能性，所謂「君子有諸己而后求諸人，無諸己而后非諸人。所藏乎身不恕，而能喻諸人者，未之有也」。詩人性真意摯、無邪純正，崇善刺惡，達到大同和樂的社會，當屬《三百篇》創作最美善的理境。這兩種解讀都強調《詩三百》的教化目的──情性之正。問題是：情性之正的指涉為何呢？即是「善心」；若就孔子而言，即是「仁」。

　　由於《三百篇》可以美善戒惡，不僅使個體情性回歸仁的初心，

---

2　〔宋〕朱熹：《四書章句集註》，卷1，頁53。

也可使社會升至仁風淳厚的境界，這是情性純正在小我與大我的不同
面向；無論是個體的仁心或社會的仁風都可藉由「溫柔敦厚」的方法
達成。也就是說，詩人秉性和柔真誠，內心寬厚，以婉轉委曲的創作
方式來刺惡導善，使回復性情純正衷心，晉升至善安樂的社會，一旦
化為風氣，即成無形規範；因此《詩三百》以「溫柔敦厚」為教化之
道。舊題為石林葉氏曾說：

> 《詩》之規刺嘉美，要使人歸於善而已，仁之事也，故其教，
> 則溫柔敦厚。[3]

《詩經》以「溫柔敦厚」為教化方法，這是因為《詩經》可以刺惡矜
善，歸本善心，這是屬於「仁」的活動。依此，仁心與仁風可憑藉
「溫柔敦厚」的教化之道完成。戴鼎恆〈小清華園詩談序〉曾說：

> 聖人以詩立教，非徒示人以吟詠之適。實欲使人各得夫性情之
> 正也。故曰：「《詩》三百，一言以蔽之，曰『思無邪』。」又
> 曰：「溫柔敦厚，《詩》教也。」[4]

《三百篇》可以感發人之善心，懲創人之逸志，使性情歸於無邪純正
（「《詩三百》，一言以蔽之，曰『思無邪』」）。而情性純正無邪又可藉
由「溫柔敦厚」完成教化，因此《詩三百》以「溫柔敦厚」為教化之
道（「溫柔敦厚，《詩》教也」）。那麼，孔子的「《詩三百》，一言以蔽
之，曰思無邪」（《論語・為政》）與「溫柔敦厚，《詩》教也」（《禮
記・經解》）的說法，實可視為一個《三百篇》教化的相關論述。

---

3　〔宋〕衛湜：《禮記集說》，見《文淵閣四庫全書》，第119冊，卷117，頁510。
4　〔清〕戴鼎恆：〈小清華園詩談序〉，見《清詩話續編》，第3冊，頁1851。

　　《詩三百》「溫柔敦厚」的教化方式為何呢？首先，就本心與目
標而言，詩人性情要和柔真摯，內心仁厚，顏色溫潤，不採直斥觸
怒，而是以曲折委婉、似合恰離的創作方式來刺惡勸善，感發善心，
除邪戒惡，不僅為日後相處留有餘地，又使人性情回歸無邪純正，邁
進仁善的社會。孔穎達說：「『溫柔敦厚，《詩》教也』者：溫，謂顏
色溫潤；柔，謂情性和柔。《詩》依違諷諫不指切事情，故云：溫柔
敦厚，是《詩》教也。」[5]孔穎達詮釋「《詩》教」較強調詩人「情性
和柔」；朱熹則側重《三百篇》在「使人得其情性之正」，二者精神相
通相同，不可偏重，亦即：詩人情性和柔，真誠寬厚，純正無邪，創
作的「溫柔敦厚」詩歌，能匡正人的性情。「溫柔敦厚」的詩歌自身
即呈現詩人人格道德美善，含蓄曲折的創作方式又體現詩藝美善，此
時「人格道德」與「詩歌藝術」處於和諧統一的狀態，無偏重失衡，
也因此「溫柔敦厚」的詩歌是古典文學的最高藝境。

　　第二，就國君而言，何以百姓情性可以歸復純正無邪，或具溫柔
敦厚性情呢？這是因為人民領受《詩三百》溫柔敦厚的教化之道；凡
稟受溫柔敦厚的默化潛移即能涵育出溫柔敦厚的性情，因此民人可以
得性情之正，具有溫柔敦厚性情。國君以此涵養百姓溫厚情性，所謂
「上以風化下」者。這就是《三百篇》「溫柔敦厚」的教化方法。國
君如何察覺《詩》教的得失成敗呢？《禮記・經解》說：「孔子曰
『入其國，其教可知也。其為人也：溫柔敦厚，《詩》教也』。」[6]
「入其國」如何知悉政教得失呢？孔子在此雖未明言理由，然而可以
隱含「觀」的動作，即孔子所謂「詩」「可以觀」，也就是鄭玄的「觀

---

5　〔漢〕鄭玄注，〔唐〕孔穎達疏：《禮記註疏》，見《文淵閣四庫全書》，第116冊，
　　卷50，頁310。
6　〔漢〕鄭玄注，〔唐〕孔穎達疏：《禮記註疏》，見《文淵閣四庫全書》，第116冊，
　　卷50，頁309。

其風俗，則知其所以教」。[7]換言之，人君可以觀察國內人情風俗，判斷施政教化上的利弊得失，作為施政精進之參考。

　　第三，就臣民而言，針對國君言行施政上良窳優劣，臣民創作「溫柔敦厚」的詩歌，憑據含蓄蘊藉、似即若離的方法，對國君曉諭刺惡，勸誡導善，如此，言者無罪，聞者足戒，所謂「下以風刺上」者。〈毛詩大序〉說：「上以風化下，下以風刺上。主文而譎諫，言之者無罪，聞之者足以戒，故曰風。」[8]這種委婉含蓄、若無似有的諷諭規刺、改過向善方式，並不局限於「君臣」關係，也可推用於「父子」，擴及「人倫」。那麼，「溫柔敦厚」的方法並不拘囿於「君臣」（或「君民」）上，實非一隅之見，也可普及於「父子」「夫婦」「兄弟」「朋友」等「人倫」關係，使言者無罪，聞者足戒。

　　其次，就「興、觀、群、怨」與「事父、事君」而言。孔子對《詩》教的相關看法又有「興、觀、群、怨」與「事父、事君」說。《論語・陽貨》說：

　　　子曰：「小子！何莫學夫《詩》？《詩》，可以興，可以觀，可以群，可以怨；邇之事父，遠之事君；多識於鳥獸草木之名。」[9]

　　《詩三百》的教化論述，可以分為「體」與「用」。「體」就是孔子《詩》教的本質，包括「思無邪」與「溫柔敦厚」；「用」就是孔子

---

7　〔漢〕鄭玄注，〔唐〕孔穎達疏：《禮記註疏》，見《文淵閣四庫全書》，第116冊，卷50，頁309。

8　〔漢〕毛亨傳，〔漢〕鄭玄箋，〔唐〕孔穎達疏：《毛詩注疏》，見《文淵閣四庫全書》，第69冊，卷1，頁121。

9　〔宋〕朱熹：《四書章句集註》，卷9，頁178。

《詩》教的效用，含括「興、觀、群、怨」與「事父、事君」。「體」「用」不僅是派生關係，兩者在觀念上也相符相通。瞿佑（1341-1427）即曾說：

> 方虛谷序《唐三體詩》云：「子曰：『《詩》三百，一言以蔽之曰：思無邪。』此《詩》之體也。又曰：『小子何莫學夫《詩》？可以興，可以觀，可以羣，可以怨。邇之事父，遠之事君，多識於鳥獸草木之名。』此《詩》之用也。聖人之論詩如此，後世之論詩不容易矣。後世之學詩者，捨此而他求，可乎？」[10]

「詩可以興」意指詩可以感發人的志意，其不美者可令人羞惡戒懼，美者可讓人興起善心，歸趨於善，譬如，朱子《論語集注》「《詩》可以興」下說：「感發志意。」[11]《朱子語類》又說：「問：『《詩》如何可以興？』曰：『讀《詩》，見其不美者，令人羞惡；見其美者，令人興起。』」[12]最後，《朱子語類》又云：「『思無邪』，如《正風》《雅》《頌》等詩，可以起人善心；如《變風》等詩，極有不好者，可以使人知戒懼，不敢做。」[13]據此，詩可感發心志，起人好

---

10　〔明〕瞿佑：《歸田詩話》，見《瞿佑全集校註》（杭州：浙江古籍出版社，2010年），上冊，卷上，頁406。

11　〔宋〕朱熹：《四書章句集註》，卷9，頁178。

12　〔宋〕黎靖德編：《朱子語類》，見《文淵閣四庫全書》，第700冊，卷47，「小子何莫學夫《詩》章」，頁976。

13　〔宋〕黎靖德編：《朱子語類》，見《文淵閣四庫全書》，第700冊，卷23，頁467。另外，朱子於《論語・泰伯》「子曰『興於詩』」下說：「興，起也。……。故學者之初，所以興起其好善惡惡之心。」見《四書章句集註》，卷8，頁104-105。最後，施德操也說：「傳曰：『興於詩。』興者，感發人善意之謂也。」（《施德操詩話》，見《宋詩話全編》，第3冊，頁3319）

善戒惡之心，歸本仁善。

　　「詩可以觀」意謂詩可以觀心志邪正、風俗盛衰與政教得失。譬如，鄭玄即曾說：「觀風俗之盛衰。」[14]又如，朱子《論語集注》於「可以觀」下說：「考見得失。」[15]最後，劉崧（1321-1381）〈三衢徐欣名詩稿序〉也說：「古有采詩之官，凡風俗之微惡，心志之邪正，與夫政治之得失，其汎然雜出於歌謠者，皆采而錄之，以獻于天子。於是，前所謂微惡邪正得失者，咸於燕觀而考之，而謂之風焉。」[16]採錄的詩歌無論是描寫邪正盛衰，還是政教得失，其善者可以感發善心，惡者可以使人戒懼，返回性情之正。

　　「詩可以群」當指詩可使人和睦相處，但卻不隨波逐流。朱子《論語集注》於「可以羣」下說：「和而不流。」[17]「和」乃「和睦」之意，這是指人我間的關係，見善者則美之，稱譽善心，篤厚人倫；「不流」即「不同流合汙」，這是諷惡導善的效用，見惡者則刺之，起人恥心，消濁還清。其理想目標是和諧仁善的人我、社會關係。

　　「詩可以怨」當謂詩可用以怨刺，但非採斥怒之道。譬如，孔安國曾說：「怨刺上政。」[18]又如，朱子《論語集注》於「可以怨」下說：「怨而不怒。」[19]詩人不犯顏直諫，反以似即若離、含蓄委婉的方法來美善刺惡，使人自悟，如此，言者無罪，聞者足戒，既預留餘地，迴旋轉身，又除卻惡行，趨赴美善；施用對象並不局隔「君臣」

---

14　〔魏〕何晏集解，〔宋〕刑昺疏，〔唐〕陸德明音義：《論語注疏》，見《文淵閣四庫全書》，第195冊，卷17，頁689。

15　〔宋〕朱熹：《四書章句集註》，卷9，頁178。

16　〔明〕劉崧：《劉崧詩話》，見《明詩話全編》（南京：江蘇古籍出版社，1997年），第1冊，頁164。

17　〔宋〕朱熹：《四書章句集註》，卷9，頁178。

18　〔魏〕何晏集解，〔宋〕刑昺疏，〔唐〕陸德明音義：《論語注疏》，見《文淵閣四庫全書》，第195冊，卷17，頁689。

19　〔宋〕朱熹：《四書章句集註》，卷9，頁178。

關係，也可推至「父子」等等五常。

由於《詩三百》的教化精神與方法也可致用於君臣、父子關係，因此，孔子說：《詩》還可以「邇之事父，遠之事君」。事實上，「父」「君」只是孔子舉其重以代其全而已，朱子於「邇之事父，遠之事君」下說：「人倫之道，詩無不備。二者舉重而言。」[20]所以《三百篇》的教化精神與方法也可用於五倫，成效即「厚人倫」。那麼，適合施用於倫常的方法──「溫柔敦厚」，《詩三百》可謂全備。

綜上所述，由於《詩三百》以「溫柔敦厚」為教化之道，其終極理境是無邪純正，因此，《詩三百》可以「興、觀、群、怨」「事父、事君」。「思無邪」、「溫柔敦厚」在觀念方法上與「興、觀、群、怨」、「事父、事君」相通相符。「思無邪」與「溫柔敦厚」可視為「體」；「興、觀、群、怨」與「事父、事君」可視為「用」。「興、觀、群、怨」與「事父、事君」可作為「思無邪」與「溫柔敦厚」的分別說。「思無邪」「溫柔敦厚」與「興、觀、群、怨」「事父、事君」它們實為一整體，都是孔子《詩》教說的重要內涵。我們甚至可以這樣說，由於《詩三百》，一言以蔽之，曰『思無邪』」；所以《詩經》以「溫柔敦厚」為教化之道。因為《詩三百》以「溫柔敦厚」為教化之道，因此《詩經》可以「興、觀、群、怨」與「事父、事君」。這樣看來，孔子「《詩》教說」具體而整全。

## 第二節　杜詩紹承《詩》教本旨

杜詩可以躔承孔子《詩》遺旨，是古人察覺杜甫忠君愛國的緣故，與「忠」關係密切。

---

20 〔宋〕朱熹：《四書章句集註》，卷9，頁178。

目前所見資料，最早明確以「忠」字描繪杜甫者，當是《新唐書‧杜甫傳》，書云：

> 少與李白齊名，時號「李杜」。嘗從白及高適過汴州，酒酣登吹臺，慷慨懷古，人莫測也。數嘗寇亂，挺節無所汙；為歌詩，傷時橈弱，情不忘君，人憐其「忠」云。贊曰：唐興，……至甫，渾涵汪茫，千彙萬狀，兼古今而有之。它人不足，甫乃厭餘。殘膏賸馥，沾丐後人多矣。故元稹謂「詩人以來，未有如子美者」。甫又善陳時事，律切精深，至千言不少衰，世號「詩史」。<sup>21</sup>

此段文獻「忠」字包含「忠君」與「愛國」，因為「挺節無所汙」言遇兵叛不變節，此對「君上」而言；「傷時橈弱」言詩歌感傷國家時局由興治轉衰亂，即「感時憂國」之意，「憂國」乃出自「愛國」的緣故，此對「國家」而言。依此，「情不忘君」實指「情不忘君國」；而「情不忘君（國）」為「忠」，此「忠」即含攝「忠君」「愛國」。亦即：《新唐書‧杜甫傳》雖以「忠」字形容杜甫，實謂其「忠君愛國」或「忠君憂國」。此當是最早以「忠君愛國」之意形容敘述杜甫的文獻。

另外，杜甫號為「詩史」有兩個理由，一是「渾涵汪茫，千彙萬狀，兼古今而有之」（所謂「備於眾體」、「集大成」），此即先前釋普聞的「老杜之詩，備於眾體，是為『詩史』」之語；一是「善陳時事」，此近於李朴的「唐人稱子美為『詩史』者，謂能記一時事耳」

---

21 〔宋〕宋祁等：《新唐書》（北京：中華書局，1987年），卷201，「文藝上」，頁5738。此外，〔宋〕胡銓（1102-1180）〈忠辨〉亦云：「杜子美……情不忘君，世推其『忠』。」見《杜甫卷》，第2冊，頁329。

之意。不僅如此,前文提及「挺節無所汙;為歌詩,傷時橈弱」,其中「挺節無所汙」即忠節之謂;句後緊接「為歌詩,傷時橈弱」,從此諸語前後脈絡來看,讀者極易思及杜甫「為歌詩,傷時橈弱」、「善陳時事」,實乃「忠君愛國」的緣由,因此世號「詩史」。準此,「忠君愛國」是「詩史」的深層原因。然此尚需更多前賢肯認。

其後,在《新唐書·杜甫傳》「情不忘君」基礎上,蘇軾(1037-1101)將詩粗分為三個層次:發乎情,無所止;發乎情,止於禮義;發乎情,止於忠孝。三者層層遞進,無法相提並論。區分層次目的是要強調杜詩已達最高詩境。蘇軾於〈王定國詩集敘〉中說:

> 太史公論詩,以為國風好色而不淫,小雅怨悱而不亂。以余觀之,是特識變風、變雅耳,烏覩《詩》之正乎!昔先王之澤衰,然後變風,發乎情,雖衰而未竭,是以猶止於禮義,以為賢於無所止者而已。若夫發於情、止於忠孝者,其詩豈可同日而語哉!古今詩人眾矣,而杜子美為首,豈非以其流落饑寒,終身不用,而一飯未嘗忘君也歟。[22]

蘇軾認為:詩歌若能發於情,止於忠孝,即得「《詩》之正」。此「正」當指「使人歸於情性之正」的「正」,屬詩歌最高層境,亦即前述朱子所云「凡《詩》之言,善者可以感發人之善心,惡者可以懲創人之逸志,其用歸於使人得其情性之正而已」諸語;朱子之言,乃釋《論語·為政》「子曰:《詩三百》,一言以蔽之,曰『思無邪』」語(詳見前文)。依此,詩若發於情,止於忠孝,即得「《詩》之正」,深識《詩》旨。

---

22 〔宋〕蘇軾:《東坡全集》,見《文淵閣四庫全書》,第1107冊,卷34,頁483。

　　細部地說，蘇軾的「忠孝」即孔子「事君」「事父」要義，是為詩之「用」；而「思無邪」，乃為詩之「體」。蘇軾揉合言之，意謂：詩若能發於情，止於忠孝，即達「事君」「事父」畛域，得《詩》之「正」，紹承孔子《詩》教，此乃最高詩境。沈德潛《唐詩別裁》「杜甫」下曾說：

　　　　「一飯未嘗忘君」，其「忠孝」與夫子「事父」「事君」之旨有合，不可以尋常詩人例之。[23]

今杜甫「流落饑寒，終身不用，而一飯未嘗忘君」，臻於「事君」大義，深得《詩》之「正」、《詩》之旨，上承孔子《詩》教。蘇軾直指杜甫「一飯未嘗忘君（國）」，止於「忠」——即「事君」之旨，得「《詩》之正」。如此，揭示了杜詩紹繼孔聖《詩》教之路。陳文華《杜甫傳記唐宋資料考辨》對此曾說：「東坡是沿承了『新唐書』，並作了某些發展，此發展乃是從『新唐書』的客觀敘述變成了主觀的價值判斷（『古今詩人眾矣，而子美為首』）；並且附麗上儒家的道德主義詩觀。因此，蘇氏之論，乃較前人跨進了一步；同時，以東坡在當時文壇上的地位，一言之發，重過九鼎，後繼者遂風起雲湧，紛紛在此一課題上，提出類似或補充的觀點。杜甫的儒家思想色彩乃愈形濃厚，迄至現今，杜甫已成為詩人中儒家思想的代表者，究其始因，東坡實有椎輪之功。」[24]自此杜詩開始邁入承繼孔子《詩》教之途。

　　杜甫對君國的忠愛誠心古人認為實出於本性，譬如，闕名〈杜詩言志序〉說：「其忠愛之誠，本乎天性，身居草野，而以魏闕為心之

---

23　〔清〕沈德潛：《唐詩別裁》（北京：中國致公出版社，2011年），卷6，頁127。

24　陳文華：《杜甫傳記唐宋資料考辨》，頁207。是書論述縝密精詳。

謂也。」[25]又如，楊倫〈杜詩鏡銓凡例〉也說：「詩教主於『溫柔敦厚』，況杜公一飯不忘，忠誠出於天性。」[26]最後，周樽〈杜詩鏡銓序〉也說：「子美非僅以詩見也。子美以一小臣，旋遭罷黜，乃流離困躓，每飯不忘朝廷，忠義自出於天性。」[27]那麼，杜甫忠愛之誠，實發自於秉性。

杜甫「事君」要義的內涵為何呢？杜甫的「事君」精神懷藏青雲宏志。他本於情性敦厚之誠，忠君而愛國，並以人飢己飢、人溺己溺的仁心自許，關心百姓疾苦，期冀能厚人倫、施教化，雄懷著濟世匡俗、至善大同之聖志，曾謂「許身一何愚，竊比稷與契」；[28]「致君堯舜上，再使風俗淳」。其「事君」大義主要是體現在忠君愛國、憫時恤民之心，所謂「忠君愛國」、「憂國憂民」者。也就是說，杜甫的「忠君愛國」「憂國憂民」是其「事君」精神的體現，是「事君」重要的表徵，更是認識杜甫儒家思想的關鍵途徑。這也是古來前賢肯認的地方，譬如：

> 李綱（1083-1140）說：「平生忠義心，多向詩中剖。憂國與愛君，誦說不離口。」[29]

---

25 〔清〕闕名：〈杜詩言志序〉，見《清代杜集序跋滙錄》，頁92。

26 〔清〕楊倫：《杜詩鏡銓》，「凡例」，頁12。

27 〔清〕楊倫：《杜詩鏡銓》，「序」，頁5。

28 關於「稷」，《孟子・離婁》說：「禹思天下有溺者，由己溺之也，稷思天下有飢者，由己飢之也。」（《孟子集注》，見《四書章句集註》，卷8，頁299）關於「契」，《孟子・滕文公》說：「聖人有憂之，使契為司徒，教以人倫：父子有親，君臣有義，夫婦有別，長幼有序，朋友有信。」（《孟子集注》，見《四書章句集註》，卷5，頁259）簡言之，杜甫以痌瘝在抱、敷教倫常自勵。

29 〔宋〕李綱：〈五哀詩・唐工部員外郎杜甫〉，《梁溪先生文集》，見《宋集珍本叢刊》（北京：綫裝書局，2004年），第36冊，卷19，頁410。

　　王文祿（1584左右）說：「杜值天寶之季，兵亂世危，其愛君
憂民之心，經國匡時之略，每於詩中見之。」[30]

　　盧世㴶（1588-1653）說：「子美一生，戀主憂民，血忱耿炯，
與日月齊光。」[31]

　　蘇軾意識杜甫「一飯未嘗忘君」，實止於「忠」──所謂「事
君」者，且得「《詩》之正」。此開啟後人探討杜詩踵繼孔門《詩》教
之路。

　　前文已云，由於「思無邪」「溫柔敦厚」與「興、觀、群、怨」
「事父、事君」都是孔子《詩》教說的重要內容。[32]古人在蘇軾基礎
上進一步發掘：杜詩承繼「思無邪」「溫柔敦厚」與「興、觀、群、
怨」「事父、事君」旨要。因此杜甫紹繼孔子《詩》教內容與傳統。
分述如下：

　　就「思無邪」言，張戒（1124進士）《歲寒堂詩話》云：「孔子
曰：《詩三百》，一言以蔽之，曰：『思無邪。』……。孔子刪詩，取
其思無邪者而已。自建安七子、六朝、有唐及近世諸人，思無邪者，
惟陶淵明、杜子美耳，餘皆不免落邪思也。」[33]這肯定了杜甫踵承孔
子「思無邪」的宏旨。

---

30 〔明〕王文祿：《詩的》，見《明詩話全編》，第9冊，頁8972。
31 〔明〕盧世㴶：《讀杜私言》，見《明詩話全編》，第9冊，頁9102。另外，〔宋〕周
　　紫芝〈亂後併得陶、杜二集〉也說：「少陵有句皆憂國，陶令無詩不說歸。」（《太
　　倉稊米集》，見《文淵閣四庫全書》，第1141冊，卷10，頁71）
32 〔清〕管掄〈杜詩說略序〉即曾說：「夫『溫柔敦厚』，《詩》之教也；『興觀群
　　怨』、『事父事君』，孔子之《詩》教也。」（見《清代杜集序跋滙錄》，頁146）
33 〔宋〕張戒撰，陳應鸞校箋：《歲寒堂詩話校箋》（成都：巴蜀書社，2000年），卷
　　上，頁107。

就「溫柔敦厚」言，李綱〈子美〉詩說：「杜陵老布衣，飢走半天下。作詩千萬篇，一一干教化。是時唐室卑，四海事戎馬。愛君憂國心，憤發幾悲咤。孤忠無與施，但以佳句寫。風騷到屈宋，麗則凌鮑謝。筆端籠萬物，天地入陶冶。豈徒號詩史，誠足繼《風》《雅》。」[34]杜甫創作的詩歌與《詩三百》的教化之道關係密切，具有溫柔敦厚的屬性，杜甫豈止號為「詩史」，實踵承《風》《雅》的傳統。

就「興、觀、群、怨」「事父、事君」言，張戒《歲寒堂詩話》說：「杜子美、李太白，才氣雖不相上下，而子美獨得聖人刪《詩》之本旨，與《三百五篇》無異，此則太白所無也。……。子曰：『不學《詩》，無以言。』又曰：『《詩》可以興、可以觀、可以群、可以怨。邇之事父，遠之事君。』〈序〉曰：『先王以是經夫婦，成孝敬，厚人倫，美教化，移風俗。』又曰：『上以風化下，下以風刺上，主文而譎諫，言之者無罪，聞之者足以戒。』子美詩是已。若〈乾元中寓居同谷七歌〉，真所謂『主文而譎諫』、『可以群，可以怨』、『邇之事父，遠之事君』者也。」[35]杜詩掌握「興、觀、群、怨」「事父、事君」趣旨，又能運用「依違諷諫不指切事情」的方式，和睦倫常，希冀移風易俗，因此杜甫獨得聖人刪《詩》本旨，與《三百篇》無異。蘇軾提出「杜詩」「止於忠孝」說後，宋人再次確證了杜詩卓傑的「事君」精神，可以上接孔子《詩》教本旨。至此，宋人認為杜詩深得《詩》教本旨，殆無疑義。

杜甫本於無邪性情，創作敦厚溫柔的詩歌，符應興觀群怨、事父事君大旨。[36]杜甫因而能紹承孔子《詩》教要旨。前賢因此肯認杜詩

---

34 〔宋〕李綱：《梁谿先生文集》，見《宋集珍本叢刊》，卷9，頁316。

35 陳應鸞：《歲寒堂詩話校箋》，卷下，頁151。

36 仇兆鰲〈附進書表〉說：「昔人謂其上薄風騷，下該沈宋，言奪蘇李，氣吞曹劉，掩顏謝之孤高，雜徐庾之流麗，千古以來，一人而已。蓋其篤於倫紀，有關君臣父

多關世教內容。例如：

> 趙次公（1134-1147左右在世）說：「六經皆主乎教化，而
> 《詩》尤關六經之用。……。惟杜陵野老，負王佐之才，有意
> 當世，而骯髒不偶，胸中所蘊，一切寫之以詩。其曰：『許身
> 一何愚，自比稷與契。』又曰：『致君堯舜上，再使風俗
> 淳。』此其素願也。至其出處，每與孔、孟合。『尚憐終南
> 山，回首清渭濱』，則其遲遲去魯之懷；『勳業頻看鏡，行藏獨
> 倚樓』，則有皇皇得君之意。……。誦其詩以知教化之原，豈
> 不自我公發之耶！」[37]

> 傅與礪（1303-1342）說：「子美學優才贍，故其詩兼備眾體，
> 而述綱常、繫風教之作為多。《三百篇》以後之詩，子美又其
> 大成也。」[38]

> 朱權（1378-1448）說：「老杜平生得意、不得意處，俱有關於
> 世教，豈虛言哉？」[39]

---

子之經，發乎性情，能合興觀羣怨之旨。……。以故敦厚溫柔，託諸變雅變風之
體；沉鬱頓挫，形於日比日興之中。」（見《杜詩詳註》，第3冊，頁2351）

37 趙次公：〈杜工部草堂記〉，見《成都文類》（北京：中華書局，2011年），卷42，頁
808-809。另外，趙次公〈草堂記略〉也說：「李杜號詩人之雄，而（李）白之詩多
在於風月草木之間、神仙虛無之說，亦何補於教化哉？惟杜陵野老，負王佐之才，
有意當世，而骯髒不偶，胸中所蘊，一切寫之以詩。其曰：『許身一何愚，自比稷
與契。』又曰：『致君堯舜上，再使風俗淳。』此其素願也。至其出處，每與孔、
孟合。『尚憐終南山，回首清渭濱』，則有遲遲去魯之懷；『勳業頻看鏡，行藏獨倚
樓』，則有皇皇得君之意。」（見《杜詩詳註》，第3冊，頁2248）

38 〔元〕傅與礪：《詩法源流》，見《元代詩法校考》（北京：北京大學出版社，2001
年），頁235。

39 〔明〕朱權：《西江詩法》，見《明詩話全編》，第1冊，「詩家模範」，頁569。

　　喬億（1702-1788）說:「蓋由子美學博而正，其所為詩，大則
有關名教，小亦曲盡事情；加以詩之法度，至杜乃大備。」[40]

　　總之，孔子提出的「思無邪」、「溫柔敦厚」、「興、觀、群、怨」
與「事父、事君」等都是《詩》教的重要內涵。而杜甫秉承無邪性
情，吟詠敦厚的詩歌，合符興觀群怨、事父事君遺意，杜詩因而能紹
繼《詩》教偉旨，可以敷教風俗。當杜甫紹登踵承孔聖《詩》教崇高
地位後，進而連續出現將杜甫與孔子比附現象就不令人意外了。自
此，杜甫名號逐漸從「詩史」向「詩聖」擴滲沁移；既擁有「詩史」
美名，又揚昇至「詩聖」；並且「詩聖」稱號更加柢固根深，不易撼
搖。杜甫可以承繼孔門《詩》教，是前賢察知深掘其忠君愛國特質，
雋拔挺秀；事君精神，卓爾不群，關乎教化的緣故。

# 第三節　杜甫事君與詩史、詩聖

　　杜詩中的「興觀群怨」「事君」與「詩史」「詩聖」說關係密切，
分述如下:

　　首先，就「興觀群怨」「事君」與「詩聖」說言。由於杜詩能追
躡孔子「溫柔敦厚」、「興、觀、群、怨」與「事君事父」要旨，其秉
性和柔，立言忠厚惻怛，以或美或刺方式，感人善心，刺人惡念，垂
教後世，因此杜甫尊為詩聖，仇兆鰲〈杜詩詳注原序〉說:「蓋其為詩
也，有詩之實焉，有詩之本焉。孟子之論詩曰:『頌其詩，讀其書，
不知其人，可乎？是以論其世也。』詩有關於世運，非作詩之實乎。
孔子之論詩曰『溫柔敦厚，詩之教也』。又曰『可以興觀羣怨，邇事

---

40　〔清〕喬億:《劍溪說詩又編》，見《清詩話續編》，第2冊，頁1118。

父而遠事君」。詩有關於性情倫紀，非作詩之本乎。故宋人之論詩者，稱杜為『詩史』，謂得其詩可以論世知人也。明人之論詩者，推杜為『詩聖』，謂其立言忠厚，可以垂教萬世也。」[41]杜甫紹興「溫柔敦厚」、「興、觀、群、怨」與「事君事父」聖緒，既本於溫柔情性，又篤實君臣倫紀，助輔風教，得「作詩之本」者，杜甫因而為明人推奉為詩聖。據此，杜甫「忠君愛國」與「事君精神」為詩聖的理由。

其次，就「事君」與「詩史」「詩聖」說言。杜甫的「事君」誠心分別是「詩史」與「詩聖」說的重要因素之一。

先就「事君」與「詩史」言。由於杜甫愛君憂國，感時而記事，杜甫因而稱為「詩史」。此路明顯承繼《新唐書‧杜甫傳》「情不忘君」與蘇軾「一飯未嘗忘君」說發展而來。譬如，王士禎（1634-1711）說：「在子美集中，雖往往以風雅自任，亦未嘗凌轢諸家，而獨肩巨任也。獨是工部之詩，純以忠君愛國為氣骨。故形之篇章，感時紀事，則人尊『詩史』之稱。」[42]杜甫以愛國忠君為氣骨，形諸詩歌能懇時紀事，前人因此尊為「詩史」。又如，王鄰德〈睡美樓杜律五言引〉說：「少陵之詩，皆□于愛君憂國之誠心耳。善陳時事，度越古今，世號『詩史』。」[43]杜甫以憂國愛君的誠心，善紀時事，超今冠古，因此世號「詩史」。最後，楊葆光（1830-1912）〈校印錢箋杜詩集評序〉亦云：「迨唐少陵出，而尋常咏物之細，亦皆有所寄託，非苟焉為風花雪月之詞，乃不得志于時。而又身歷天寶之亂，俯仰身世，千緒萬端，一付之于詩。而忠君愛國之心，時時于吟咏傳之，遂

---

41 〔清〕仇兆鰲：《杜詩詳注》，第1冊，頁1。

42 〔清〕王士禎：《新編漁洋杜詩話》，見《杜甫詩話六種校注》，卷1，頁447。另亦可參《師友詩傳錄》，見《清詩話》，頁125。

43 〔清〕王鄰德：〈睡美樓杜律五言引〉，見《清代杜集序跋滙錄》，頁162。

有『詩史』之目。」[44]杜甫忠君愛國,雖歷兵火事跡,生平感況,託於詩歌,杜甫遂有「詩史」名目。此皆可與《新唐書‧杜甫傳》裡「忠」為「詩史」深層原因相互映照。依此,杜甫「忠君愛國」與「事君精神」是「詩史」的原因。

次就「事君」與「詩聖」言。杜甫從「事君」到「詩聖」有兩路,一路即前述杜甫其「忠君愛國」之誠,合符孔子「事君」之旨,發揚「痌瘝在抱」精神,具有聖人偉志心懷。一路則是由於杜甫愛君憂國之心,絕倫超群,而為詩人冠冕。譬如,蘇軾〈與王定國四十一首〉之八說:「杜子美在困窮之中,一飲一食,未嘗忘君,詩人以來,一人而已。」[45]杜甫窘困時際,不忘君國,卓然出眾,古今一人而已。又如,趙孟堅(1199-1264)〈趙竹潭詩集序〉說:「詩非一藝也,德之章,心之聲也。其寓之篇什,隨體賦格,亦猶水之隨地賦形。然其有淺有深,有小有大,繁雖不同,要之同主忠厚,而同歸於正。自賡歌、《國風》、《雅》、《頌》而《離騷》,皆歸於『正』之詩也。杜工部詩言愛君憂國,不失此『正』,所以獨步於詩家者流也。」[46]詩歌屬於「言」的範圍;而「言」為「心之聲」;「心之聲」可體現德之性,因此詩歌乃「心之聲」「德之章」。無論是「心聲」與「德性」皆以忠厚

---

44 〔清〕楊葆光:〈校印錢箋杜詩集評序〉,見《清代杜集序跋滙錄》,頁18。另外,〔宋〕于𡒄〈修夔州東屯少陵故居記〉也說:「雖然,少陵之詩,號為詩史,豈獨取其格律之高,句法之嚴。蓋其忠義根于中而形于吟咏,所謂飯未嘗忘君者。是以其鏗金振玉之聲與騷雅並傳于無窮也。」(〔明〕周復俊:《全蜀藝文志》,見《文津閣四庫全書》,第1384冊,卷39,頁699)又如,謝肇淛也說:「少陵以史為詩,已非風雅本色,然出於憂時憫俗,牢騷呻吟之聲,猶不失《三百篇》遺意焉。」《小草齋詩話》,見《珍本明詩話五種》(北京:北京大學出版社,2008年),卷2外篇上,頁370。

45 〔宋〕蘇軾:《蘇軾文集》(北京:中華書局,1986年),第4冊,卷52,「尺牘」,頁1517。

46 〔宋〕趙孟堅:《彝齋文編》,見《文淵閣四庫全書》,第1181冊,卷3,頁330。

惻怛為正；而杜詩中的愛君仁民、憂國愍時即屬「忠厚惻怛」的範圍，那麼，杜詩得詩之「正」，合符「思無邪」之旨，也因此杜甫能獨步詩家。趙氏的看法明顯受蘇軾「杜詩」「止於忠孝」說影響。最後，俞文豹（約1250左右）亦云：「杜子美愛君之意，出于天性，非他人所能及。」[47]杜詩的愛君志意，發自天性，他人不及。

　　古今詩人冠冕即可稱為「聖」，譬如，葛洪（248-363）曾說：「世人以人所尤長，眾所不及者，便謂之聖。」[48]又如，王觀國（1140左右）《學林》也曾說：「古之人精通一事者，亦或謂之聖。漢

---

47　〔宋〕俞文豹：《俞文豹詩話》，見《宋詩話全編》，第9冊，頁8837。又如，陳郁也說：「三代而降，典謨訓誥之後，有董、賈、司馬遷、揚雄、二班之文，莫可繼，曰：文止於漢；八分、大隸之餘，鍾、衛、二王之書，莫可肩，曰：書止於晉；《三百篇》往矣，五字律興焉，有杜工部，出入古今，衣被天下，藹然忠義之氣，後之作者，未之有加，曰：詩止於唐。」〔宋〕陳郁：《藏一話腴》，見《文淵閣四庫全書》，第865冊，內編卷上，頁546。杜詩不僅震古爍今，又覆庇天下；其忠義之氣，後人無法超越。又如，羅大經（約1226前後在世）〈去婦詞〉下也說：「杜子美儒冠忍餓，垂翅青冥，殘盃冷炙，酸辛萬狀，不得已而去秦，然其詩曰『尚憐終南山，回首清渭濱』，『戀君』之意，藹然溢於言外。其為千載詩人之冠冕，良有以也。」〔宋〕羅大經撰：《鶴林玉露》（北京：中華書局，2005年），卷2乙編，頁141-142。杜甫含苦忍餓，又逢垂翅蹭蹬，然戀君之心盈溢翰墨，杜甫因而為千載詩人冠冕。又如，樓鑰（1137-1213）〈答杜仲高斿書〉也曾說：「工部之詩，真有參造化之妙，別是一種肺肝；兼備眾體，間見層出，不可端倪；忠義感慨，憂世憤激，一飯不忘君；此其所以為詩人冠冕。」〔宋〕樓鑰：《攻媿集》，見《文淵閣四庫全書》，第1153冊，卷66，頁117。杜甫筆參造化，兼人所獨專，詩歌忠義憂世，每每不忘朝廷，因此杜甫為詩人冠冕。另外，謝金鑾（1757-1814）〈擬代梅岩劉生集杜序〉也說：「杜公袖三賦草，四十不成名，奔走戰場，國家飄散，忠君愛國，思親憶弟，長歌短吟，發為文章，故論者以為幾于《小雅》。向使杜氏亡其家國忠愛之誠，而徒恃其根柢宏富、筆墨鍛煉，而欲為一代鉅手之冠，或未然也。」（見《清代杜集序跋滙錄》，頁347）。簡言之，杜甫的忠君愛國為其成「一代鉅手之冠」的原因。

48　〔晉〕葛洪撰，何淑貞校注：《新編抱朴子》（臺北：國立編譯館，2002年），「辨問第12」，頁403。

張芝精草書，謂之草聖；宋傅琰仕武康、山陰令，咸著能名，謂之傅聖；梁王志善書，衛協、張墨皆善史書，皆謂之書聖；隋劉臻精兩《漢書》，謂之《漢》聖；唐衛大經邃於《易》，謂之《易》聖；嚴子卿、馬綏明皆善圍棊，謂之棊聖；張衡、馬忠皆善刻削，謂之木聖。蓋言精通其事而他人莫能及也。」[49] 由於杜甫忠君愛國、憫俗憂民之心，古今一人，眾所不及，杜甫因此受尊為「詩聖」。

歸納言之，目前為止，杜甫「詩聖」說有兩條進路，一者即強調杜甫「忠君愛國」「事君」精神，篤厚性情倫紀，深得《詩》之「正」，紹承孔聖《詩》教；弘揚「民胞物與」精神，具有聖人冥冥偉志。另一者則是強調杜甫「愛君憂國」誠心，卓爾出群，獨步詩家；而「精於一事，眾所不及」為「聖」，杜甫因此受尊為「詩聖」。準此，杜甫「忠君愛國」與「事君精神」是「詩聖」的緣由。

值得一提的是，杜甫名號從「詩史」提昇到「詩聖」，蘇軾有推導之功，他在晚唐以來暨有「詩史」稱號以及《新唐書・杜甫傳》「情不忘君」基礎上，進一步高舉杜詩「一飯未嘗忘君」與「若夫發於情、止於忠孝者，其詩豈可同日而語哉」，此已近乎直言杜詩得「事君」宏旨，紹承孔子《詩》教傳統；不僅如此，他更將杜詩推向超群絕倫地位──「古今詩眾矣，而杜子美為首」；何況蘇氏又嘗云「詩至於杜子美」「古今之變，天下之能事畢矣」（〈書吳道子畫後〉）。前者為「忠君愛國」，後者為「集大成」。以蘇軾天賦才情與文壇地位，對杜甫其人其詩推譽備至，姑不論是否為借酒杯澆塊壘，蘇軾對杜甫人生遭遇與理想懷抱，必高度感同身受。回顧杜詩學，「忠君愛國」與「備集大成」這兩者同時為「詩史」與「詩聖」理由。蘇

---

49 〔宋〕王觀國：《學林》，見《全宋筆記》（鄭州：大象出版社，2008年），第4編，第1冊，卷1，頁48。

軾評論已埋伏日後杜詩名號將自「詩史」轉向「詩聖」軌跡。

　　總之，「忠君愛國」乃杜甫「詩史」與「詩聖」說的共同關鍵因素，李基和〈杜律通解序〉曾說：「杜少陵古稱『詩聖』，而其詩亦為『詩史』，由其以忠君愛國之心，發為幽憤悲壯之氣；以窮愁困苦之境，出為沉雄頓挫之詞。」[50]也因此「忠君愛國」與杜甫「詩史」「詩聖」說關係密切。

## 小結

　　孔門《詩》教內容清楚周整，其論述可以描述如下：

　　因為《詩三百》，一言蔽之曰「思無邪」；而「思無邪」可藉由「敦厚溫柔」教化盉徑完成，因此《三百篇》以「溫柔敦厚」為教化道途。由於「溫柔敦厚」與「興觀群怨」「事父事君」等觀念相通相符，孔子因此說：「小子！何莫學夫《詩》？《詩》，可以興，可以觀，可以群，可以怨；邇之事父，遠之事君。」上述這四者為孔門《詩》教說的重要內涵。

　　昔人認為：杜甫紹休聖緒，承繼「思無邪」「溫柔敦厚」「興觀群怨」與「事父事君」精神，杜甫因而踵承孔聖《詩》教。杜甫「事君」精神體現為忠君愛國、憫時仁民之心；而杜甫忠君愛國，感時而紀事，寓寄褒貶之意，稱為「詩史」。

　　杜甫性情柔和，忠厚惻怛，篤實君臣五常，深得儒家「性情」「倫紀」本旨，既端正忠孝，又匡翊風俗，敷教後世，因此尊為「詩聖」。杜甫從「詩史」擴升到「詩聖」稱號，主要是因為杜甫在忠君愛國、憫時憐民上，體現孔子「事君」宏旨，發揮儒道終極關懷，承

---

50　〔清〕李基和：〈杜律通解序〉，見《清代杜集序跋滙錄》，頁207。

繼孔聖《詩》教崇高地位，而此地位乃古人探發深掘出來。簡言之，
前賢覺察杜甫忠君愛國精神，超越同時代詩人，特異傑出，因而意識
到其儒家「事君」精神，不僅具有「己飢己溺」的精神，又具有「教
化經世」的價值，追跡《風》《雅》本旨，上承孔聖《詩》教，所以
受尊「詩聖」；古人意識杜甫成聖另一條重要路徑，是走「集大成」
之路。

　　本章試圖從微觀視角，查究杜甫繼承孔門《詩》教；次章嘗試從
巨觀進路，討論杜甫追躡《風》《雅》遺意。

# 第五章
# 追蹝風雅說

　　前賢基本上認為：杜詩能紹繼《風》《雅》遺意（或稱「上薄風雅」）；此外，杜甫又被先哲奉尊為詩聖。這兩種看法在杜詩學中，各自形成重要的議題。問題是：「追蹝《風》《雅》」與「聖」兩者間是否有關係？倘若有關聯，那是什麼聯繫呢？這也是當前學術界較少探究的領域。

　　古人主張：凡能蹝承《風》《雅》要旨者即可為聖；《風》《雅》精神甚至是詩歌繩矩。此中，「紹承《風》《雅》遺意」正是杜甫「詩聖」說的一個重要因素。本章試圖討論這個議題，嘗試建構杜甫因能蹝繼《風》《雅》精奧而盛譽為詩聖的論述。

## 第一節　杜詩追蹝風雅遺意

　　首先，就杜詩而言，杜甫〈戲為六絕句〉其六即有「別裁偽體親風雅」之句。杜甫認為：若能鑒別裁去偽情假意的詩歌，則作品自能親近真實的情性。在創作上，杜甫高舉並親隨情真性摯的《風》《雅》詩歌。這當中的樞機在於要求撰作發自真實性情的詩歌。

　　其次，就杜詩學而言，杜詩承蹝《風》《雅》大旨，撇除杜詩本身不談，其意最早是以「上薄風雅」一詞出現；宋人杜集諸注所附元稹（779-831）〈唐杜工部墓誌銘〉即有「上薄風雅」一語，《草堂詩箋》載云：

至於子美，蓋所謂上薄風雅，下該沈宋，言奪蘇李，氣吞曹
劉，掩顏謝之孤高，雜徐庾之流麗，盡得古人之體勢，而兼昔
人之所獨專矣。如使仲尼考鍛其旨要，尚不知貴其多乎哉！苟
以為能所不能，無可無不可，則詩人已來，未有如子美者。[1]

元稹認為：杜詩紹秉《風》《雅》意旨，囊括超越沈宋蘇李、曹劉顏
謝等等名家體製風格，杜詩可謂盡得古今詩體的樣貌，又兼該詩人風
格的專擅。後世稱譽杜甫克集詩歌大成，風格上，能所不能，可所不
可，成為詩人冠冕，所謂「詩人已來，未有如子美者」。

此後「杜詩追躡《風》《雅》遺意」說基本上已成為一主流觀
點，其例證如下：

姜夔（1155-1221）說：「詩有出於《風》者，出于《雅》者，
出于《頌》者。屈宋之文，《風》出也；韓柳之詩，《雅》出
也。杜子美獨能兼之。」[2]

楊士奇（1365-1444）說：「杜少陵渾涵博厚，追蹤《風》
《雅》，卓乎不可尚矣。」[3]

沈德潛（1673-1769）說：「全集一千四百餘篇，今錄三百餘

---

1　〔宋〕魯訔編次，蔡夢弼會箋：《草堂詩箋》，第1冊，「碑銘」，頁8。此外，〔宋〕
　　黃希原注，黃鶴補注：《補注杜詩》亦作「上薄風雅」，見《文淵閣四庫全書》，第
　　1069冊，「傳序碑銘」，頁7。

2　〔宋〕姜夔：《白石道人詩說》，見《歷代詩話》，下冊，頁681。此外，〔宋〕晁說
　　之（1059-1129）也曾說：「孫莘老云：杜甫如：『日長唯鳥雀，春暖獨柴荊。』言亂
　　離，有深意也，得《風》《雅》體。」見《杜甫卷》，第1冊，頁157。

3　〔明〕楊士奇：《東里文集‧玉雪齋詩集序》，見《文津閣四庫全書》，第1242冊，
　　卷5，頁143。

篇，皆聚精會神、可續《風》《雅》者。」[4]

　　梁章鉅（1775-1849）說：「杜甫源出《國風》、二《雅》，而性情真摯，亦為唐人第一。」[5]

歸結而言，古人肯認：杜甫能蹤跡《風》《雅》精蘊。據此，「杜詩」與「《風》《雅》遺意」兩者關係密切；「杜詩追躡《風》《雅》遺意」說當為古典詩學中值得深究的議題。

　　昔人也稱「《風》《雅》遺意」（或元稹所謂「上薄風雅」）為「《三百篇》遺意」，劉濬〈杜詩集評自序〉云：

> 詩自漢魏而後，至少陵止矣。大含細入，包羅萬有，謂之聖，謂之史，前人之論備焉。……。且世之所以重杜者，尚不以其詩之「奪蘇、李，吞曹、劉，掩顏、謝而雜徐、庾，得古人之體勢，兼人人所獨專」，如元相所言已也；尤在一飯不忘君國，雖遭貶謫而無怨誹，溫柔敦厚，洵得《三百篇》遺意，所謂「上薄風雅」者，其在斯乎？[6]

劉濬認為後世重視杜詩，除了「集古今大成」這個因素之外，更在於杜詩確實深得《三百篇》旨趣，這就是元稹〈墓係銘〉所稱「上薄風雅」者。劉濬在蘇軾「豈非以其流落饑寒，終身不用，而一飯未嘗忘君也歟」基礎上，向前邁進一步，不僅直指杜甫「一飯不忘君國」；更謂杜甫遭貶無怨，乃「溫柔敦厚」表現，此得孔子《三百篇》遺

---

4　〔清〕沈德潛：〈杜詩偶評序〉，見《清代杜集序跋滙錄》，頁229。

5　〔清〕梁章鉅：《退庵隨筆》，見《清詩話續編》，第3冊，頁1977。

6　〔清〕劉濬：〈杜詩集評自序〉，見《清代杜集序跋滙錄》，頁340。

旨。亦即：杜詩掌握《三百篇》宗旨，關鍵正在杜甫心懷魏闕，貶不
怨怒，敦厚溫柔。劉濬在此明確指出「上薄風雅」即「《三百篇》遺
意」。兩者相通相同。

　　現在的問題是：為何杜詩能「追躡《風》《雅》遺意」？或者，
為何杜詩能「洵得《三百篇》遺意」？主要的理由是杜甫篤志《風》
《雅》的創作要旨，方弘靜（1517-1611）曾說：

　　杜子美志于風雅哉！[7]

由於杜甫以《風》《雅》之道為創作職趣，推許書寫情真性摯的詩
歌，因而能逐隨《風》《雅》精神。除了杜甫專志《風》《雅》大旨這
個理由之外，至少尚有其他三個因素，細述如下：

　　首先，由於杜甫愛君憂國，託諸詩歌，杜甫因此洵得《風》
《雅》遺旨。譬如，張次仲（1589-1676）說：

　　近讀杜詩，其愛君憂國、苦樂痛癢，一一託之於詩，真可得
　　《三百篇》遺旨。[8]

杜甫創作時將其忠君愛國，痛癢悲歡，咸寄歌詩，此乃杜甫真得《三
百篇》創作意旨的理由之一。又如，周廷諤〈雪窗杜注敘二〉也說：

　　杜詩，《三百》之遺也。其文繁，其辭贍，其意微，其旨奧。
　　其忠君愛國之思，一篇之中，三致意焉。然皆隱然自見于言

---

7　〔明〕方弘靜：《方弘靜詩話》，見《明詩話全編》，第4冊，頁3842。
8　〔明〕張次仲：《張次仲詩話》，見《明詩話全編》，第9冊，頁9381。

　　外，而世之解者誤也。[9]

　　杜詩文繁辭贍，意微旨奧；忠君愛國之思，來回致意，隱然言外，可謂「《三百》之遺」。準此，「忠君愛國」這個特色是杜詩具《風》《雅》精神的重要原因之一。

　　值得一提的是，在杜詩「忠君愛國」這個特點上，古人曾嘗試推導出兩個結論：除了前述「上薄《風》《雅》」外，即是「上薄《風》《騷》」。也就是，杜詩「上薄《風》《雅》」或「上薄《風》《騷》」兩說。兩說形成的機柄之一是因為元稹〈墓係銘〉一文版本差異所致：《草堂詩箋》等書所附〈墓係銘〉作「上薄《風》《雅》」；《元稹集》

---

9　〔清〕周廷諤：〈雪窗杜注敘二〉，見《清代杜集序跋滙錄》，頁211。此外，〔清〕潘德輿也說：「予考陸象山曰：『詩學原于《虞歌》、委于《風》《雅》。《風》《雅》之變壅而溢者也，《騷》又其流也。〈子虛〉〈長楊〉作而《騷》幾亡，黃初而降，日以澌矣。惟彭澤一源，與眾殊趨，而玩嗜者少。隋、唐之間，否亦極矣。杜陵之出，愛君悼時，追躡《風》《雅》，才力宏厚，偉然足鎮浮靡，詩為之中興。』此數行文字，能貫三四千年詩教源流，又洞悉少陵深處，語意筆力，皆能絕頂，乃可謂遒勁簡括耳。以作杜公傳贊，庶幾不愧。」（《養一齋李杜詩話》，見《杜甫詩話六種校注》，卷2，頁305-306）由於杜詩憂國愛君，傷嗟時事，因而躡跡《風》《雅》要旨，堪謂承襲詩教源流。最後，〔清〕盛大士〈選讀杜詩序〉亦曾云：「昔夫子示學詩之益，可以興觀群怨，而大旨在事父事君。《三百篇》中忠臣孝子，感懷家國，勞人思婦之長言咏嘆，發乎情，止乎禮義者，聖人錄之，以垂教萬事。《離騷》上嗣《風》《雅》，漢魏繼之，體格各異，性情則一。齊梁以降，迄于初唐，新聲作，古義替。少陵讀破萬卷，發揮忠孝，接續《風》《雅》，使千餘年來聖人『興觀群怨』、『事父事君』之教，賴以不墜。竊謂毛傳、鄭箋，說詩之祖。傳先聖之墜緒，厥功甚偉。而少陵闡明詩教，其功實在漢儒以上。蓋自屈子而後，一人而已。是故〈北征〉，〈東山〉之嗣響也；〈諸將〉，〈出車〉之遺意也；〈哀江頭〉、〈哀王孫〉，〈黍離〉、〈板〉、〈蕩〉之憂思也；〈垂老別〉、〈無家別〉，〈苕華〉、〈萇楚〉之哀怨也。流離寇亂，關河困苦。負薪拾梠，妻子餓殍。拾遺一官，沈淪半世。巫山巫峽，棲棲往來。如幕上之燕，漂搖無定，而忠愛之念，未嘗一日忘。」（見《清代杜集序跋滙錄》，頁351）簡言之，杜甫忠愛之誠，孜孜嗟嘆，誠摯詠歌，因而能接續《風》《雅》本旨。

作「上薄《風》《騷》」。[10]仇兆鰲即曾留意版本相異的問題,《杜詩詳注》「附編」〈墓係銘〉「至於子美,蓋所謂上薄《風》《雅》」下說:「《元集》作『騷』。」[11]《元稹集》作「上薄《風》《騷》」當然也可能跟杜詩有關,〈戲為六絕句〉其五即有「竊攀屈宋宜方駕」之語。杜甫推舉屈原、宋玉的成就,他自己即攀隨學習兩人作品,希冀一同並進,方駕齊驅。也因此古人歸論出:杜甫「上薄《風》《騷》」的結論。杜甫可以上薄《風》《騷》,其中一個關鍵理由即情真性摯的「憂國愛君」。吳瞻泰《杜詩提要·自序》曾說:「子美之詩,駕乎三唐者,其旨本諸《離騷》,而其法同諸《左》《史》。……。三閭之作《騷》也,疾王聽之不聰,悲一世之溫蠖,故離憂鬱結,常託於沅蘭湘芷之間,以冀君之一悟,流連比興,有《國風》之遺焉。少陵遭兩朝板蕩之餘,播遷夔蜀,卒無所見於時,故其詩沉鬱頓挫,常自寫其慷慨不平之氣,以致情於君父。舉凡山川跋涉,草木禽魚,一喜一愕,咸寄於詩。蓋先有物焉,蓄於其中,而後肆焉。此作詩之本,所以有『竊攀屈宋宜方駕』之語也。」[12]簡言之,杜甫政乖憂君之心同

---

10 〔唐〕元稹撰,冀勤點校:《元稹集》(北京:中華書局,2000年),卷56,「碑銘」,頁601。另亦可參:〔後晉〕劉昫等奉敕撰:《舊唐書》,見《文淵閣四庫全書》,第271冊,卷190下,頁600;〔唐〕杜甫:《杜工部集》,影宋本,卷20,頁892。前人認為杜詩「上薄《風》《騷》」者,譬如:〔宋〕李彌遜(1090-1153)〈舍人林公時彥集句後序〉說:「自風雅之變,建安諸子,南朝鮑、庾、謝輩至唐,以詩鳴者,何止數百人,獨杜子美上薄《風》《騷》,盡得古今體勢。」《筠谿集》,見《文淵閣四庫全書》,第1130冊,卷22,頁803。又如,〔宋〕張戒也說:「子美詩奄有古今,學者能識《國風》、《騷》人之旨,然後知子美用意處;識漢、魏詩,然後知子美遣詞處。」見《歲寒堂詩話校箋》,卷上,頁10。此外,〔清〕潘承松〈杜詩偶評凡例〉也曾說:「杜詩包含廣大,隨人自領。……。歸愚先生不專一體,取其與《風》《雅》《騷》人相表裡者,獨得少陵性情面目。」見《清代杜集序跋滙錄》,頁229-230。總之,杜甫除了可以紹承《風》《雅》之外,也可以踵繼《風》《騷》遺旨,此皆為杜甫的性情面目。

11 〔清〕仇兆鰲:《杜詩詳注》,第3冊,「附編」,頁2235。

12 〔清〕吳瞻泰:《杜詩提要》,頁5-6。

諸屈原國衰愛君之志，因此杜詩其旨同諸《離騷》。綜合而論，在杜甫「忠君愛國」這點上，前賢可以推論出兩個的結論：「上薄《風》《雅》」與「上薄《風》《騷》」，並且都有杜詩作為證據。由此可見《詩經》與《離騷》等皆為杜甫追隨熟習對象，而杜甫的「忠君愛國」不僅在橫向同時代詩人上突顯其價值，更在縱向異朝代上承繼了《詩》《騷》精神。杜甫的「忠君愛國」實非「點」的平凡無奇，而是縱橫「面」的特異傑出，在此縱橫脈絡上更顯其「忠君愛國」的特殊。

其次，因為杜甫衷心真誠，性情純正，形諸詠歌，情摯感人，杜甫因而承繼《風》《雅》創作本意。譬如，楊倫（1747-1803）《杜詩鏡銓‧凡例》說：

> 試觀少陵詩，憲章漢魏，取材六朝，正無一語不自真性情流出；無論義篤君臣，不忘忠愛，凡關及兄弟夫婦朋友諸作，無不切摯動人，所以能繼迹《風》《雅》，知此方可與讀杜詩。[13]

由於杜甫性情懇摯，義篤倫誼，發為詩篇，往往動人肺腑，因而能紹業《風》《雅》大旨。

元積〈墓係銘〉嘗云及：杜甫能踵繼《風》《雅》，備全古今詩體的樣貌，兼集詩人風格的擅長。此為後代「杜詩集大成」說的萌發之文。蘇軾即曾稱譽杜甫克集詩歌大成。[14]秦觀奠基於杜甫能集詩歌大成這一點上，進一步藉由杜甫與孔子的兩相比附，試圖推擬杜甫亦可臻至「聖」的境域。秦觀主要是認為孔子乃適當其時的集大成者，且

---

13　〔清〕楊倫：《杜詩鏡銓》，「凡例」，頁14。

14　〔宋〕陳師道（1053-1101）《後山詩話》對此即曾說：「蘇子瞻云：『子美之詩，退之之文，魯公之書，皆集大成者也。』」見《歷代詩話》，上冊，頁304。

孔子亦屬聖人。歸結而言，凡能適當其時的集大成者皆可盛譽為聖。再憑藉兩人的共同點——杜甫也是適當其時之集大成者，因此秦觀隱然認定杜甫乃集大成的詩聖。

　　然而潘德輿認為：元稹與秦觀兩人從杜甫兼該詩家體勢風格作為尊杜緣由，此恐有掛漏之虞。他認為杜甫位列歷代詩人之首的理由，尚因杜甫性情之正，厚篤倫紀，深通六義，因而能紹繼《三百》「無邪」大旨。此乃杜甫為千載詩人冠冕理由。《養一齋李杜詩話》說：

　　　　秦氏觀曰：「杜子美之詩，實集眾家之長，適當其時而已。昔李陵、蘇武之詩，長于高妙；曹植、劉楨之詩，長于豪逸；陶潛、阮籍之詩，長于冲澹；謝靈運，鮑照之詩，長于峻潔；徐陵、庾信之詩，長于藻麗。于是子美窮高妙之格，極豪逸之氣，包冲澹之趣，兼峻潔之姿，備藻麗之態，諸家之作所不及焉。然不集諸家之長，亦不能至于斯也。豈非適當其時故耶？孟子曰：『伯夷，聖之清者也；伊尹，聖之任者也；柳下惠，聖之和者也；孔子，聖之時者也。孔子之謂集大成。』嗚呼！子美其集詩之大成者歟！」按東坡云：「子美之詩，退之之文，魯公之書，皆集大成者也。」「集大成」之說，首發于東坡，而少游和之。然考元微之〈工部墓志〉曰：「余讀詩至杜子美，而知大小之有總萃焉。上薄《風》、《雅》，下該沈宋，言奪蘇李，氣吞曹劉。掩顏、謝之孤高，雜徐、庾之流麗，盡得古今之體勢，而兼人人之所獨專。能所不能，無可無不可，詩人以來，未有如子美者。」此即「集大成」之義，特未明言耳，則亦非東坡、少游之創論也。……。微之、少游尊杜至極，無以復加，而其所以尊之之由，則徒以其包眾家之體勢姿態而已，于其本性情，厚倫紀，達六義，紹《三百》者，未嘗

　　一發明也，則又何足以表洙、泗「無邪」之旨，而允為列代詩
人之稱首哉？[15]

除集大成外，由於杜詩本諸性情純正，厚植倫紀，達識六義，而能躡
跡《三百》；此始足以詮釋孔子「《詩三百》，一言以蔽之，曰『思無
邪』」本旨──《詩》可啟迪仁心善念，戒人惡行。因此杜甫洵為歷
代詩人之首。也就是說，杜甫性情溫厚雅正，篤於五常之倫，達通六
義，形諸詩篇，因而能追蹤《三百》大旨者，《三百》「溫厚」詩教旨
意本即導善戒惡，稱美刺過，形成風俗淳厚的世道。潘德輿因此肯定
杜甫為列朝詩人之首。

　　最後，杜甫根柢真誠衷心，發載道文辭，無論憂樂悲歡，能得性
情平正，創作溫柔敦厚詩歌，所以杜詩符應《風》《雅》奧旨。和寧
（？-1821）〈杜律精華自序〉曾說：

　　　　乾坤至易簡也，少陵詩律亦然。蓋文辭，藝也。詩乃之一端，
　　　　律乃詩之一體。嘗讀文言「修辭立其誠」，周子「文所以載
　　　　道」，而知少陵之于詩，根至誠之心，發見道之言。是以哀樂
　　　　憂愉，得性情之正；溫柔敦厚，合《風》《雅》之遺。其理至
　　　　易，其法至簡，洵文詞之正鵠也。[16]

---

15　〔清〕潘德輿：《養一齋李杜詩話》，見《杜甫詩話六種校注》，卷2，頁291-293。

16　〔清〕和寧：〈杜律精華自序〉，見《清代杜集序跋匯錄》，頁333。另外，〔清〕潘
　　樹棠（1813-1891後）〈杜律正蒙自序〉也曾說：「少陵詩，以大家鳴于時久矣。箋釋
　　甚夥，評注甚繁，有謂之集大成者，有謂之如化工者，有謂之發斂抑揚、無施不可
　　者。余提其要，惟曰『誠』。君子修辭立其誠，故能參列天地，昭察民物，兼古今
　　而有之。少陵生于奉天，顯于天寶，居官無幾，不得有為，其間坎坷備嘗，未可殫
　　述，而忠孝本懷、家國大計，以真誠著為咏歌，其亦如《三百篇》聖賢發憤之所為
　　作歟！」（見《清代杜集序跋匯錄》，頁386）由於杜甫能修辭立誠，深得性情之
　　正，無論愛君憂國，哀樂歡愉，皆能本於真誠而詠為詩歌，猶如《三百篇》所作，
　　因此杜詩能繼迹《風》《雅》遺旨。

無論律詩或詩歌，都是乾坤萬物之一，天地物事以「至簡」為原則，因此律詩或詩歌亦以「至簡」為依歸。「至簡」的方法為何呢？就詩而言，「詩」本即屬「辭」。在文辭上，以至誠載道為根本。若能秉持至誠之心，發載道之言，不論哀喜憂愕，皆能得性情雅正——溫柔敦厚之性情。凡具敦厚溫柔之性情即能創作溫柔敦厚之詩作；而溫厚和平的詩歌即符合《風》《雅》本旨。今杜詩根基真誠本心，性情至正，敦厚溫柔，因此杜詩能絡合《風》《雅》遺意。簡言之，創作真實情性詩歌本即《風》《雅》精神，那麼，作品若能出自情真性摯，則承襲《風》《雅》精奧。

　　第三，這是由於杜甫深得「溫柔敦厚」詩教的緣故；凡得敦厚溫柔詩旨者即合乎《風》《雅》遺意，為詩歌正道，所謂「《詩》之正」或「性情之正」者，杜甫因此踵繼《風》《雅》創作要旨。這裡主要是以「溫柔敦厚」為主。就前者而言，翁方綱（1733-1818）曾主張杜詩為詩教準繩。〈神韻論上〉說：

　　　盛唐之杜甫，詩教之繩矩也。[17]

杜詩不獨躡跡「溫柔敦厚」境域，甚至可作《三百篇》詩教標準，達到前所未有成就。那麼，杜詩深得「溫厚和平」宗旨。就後者而言，詩人若得溫厚奧義者即得《風》《雅》意旨，正所謂「溫柔敦厚，合《風》《雅》之遺」。劉濬《杜詩集評·自序》即言「世之所以重杜者，……；尤在一飯不忘君國，雖遭貶謫而無怨誹，『溫柔敦厚』，洵得《三百篇》遺意，所謂『上薄風雅』者」（見前引文）。杜甫遭遇遷謫，無生怨謗，仍不忘忠愛，敦厚而溫柔，允得《風》《雅》趣意，

---

17 〔清〕翁方綱：《復初齋文集》，見《續修四庫全書》，第1455冊，卷8，頁423。

是謂追躡《三百篇》者。

　　又如，黃淮（1366-1449）〈讀杜愚得後序〉曾說：「詩以『溫柔敦厚』為教，其發於言也，本乎性情，而被之絃歌，于以格神祇，和上下，淑人心，與天地功用相為流通，觀於《三百篇》可見矣。漢魏以降，屢變屢下，至唐稍懲末弊而振起之，既而律絕之體復興焉。當時擅名無慮千餘家，李、杜為首稱，而杜為尤盛，蓋其體製悉備，譬若工師之創巨室，其跂立翬飛之勢，巍峨壯麗，干雲霄，煜日月！……。其鋪敘時政，發人之所難言，使當時風俗世故瞭然如指諸掌；忠君愛國之意，常拳拳於聲嗟氣嘆之中，而所以得夫性情之正者，蓋有合乎《三百篇》之遺意也。」[18]就《三百篇》而言，溫柔敦厚詩歌本源自溫柔敦厚性情。就詩人而言，其性情溫厚始能抒寫敦厚詩作，而溫厚詩作即合應《三百篇》趣旨。今杜甫亦然，其性情平正敦厚，創寫溫柔和平詩歌，因此杜甫能承應《三百篇》遺旨。最後，陳治〈杜工部集題識〉也曾說：

　　　　杜老詩古體，如前、後〈出塞〉、〈新安吏〉、〈石壕吏〉、〈哀江頭〉、〈（哀）王孫〉、〈無家別〉、〈垂老別〉諸篇，的真古樂府，高而溫柔敦厚之旨，時露豪端，直堪上繼《風》《雅》，下追漢魏。[19]

---

18　〔明〕黃淮：《黃文簡公介菴集》，見《四庫全書存目叢書》（臺南：莊嚴文化事業有限公司，1997年），集部第27冊，卷11，頁78。

19　〔清〕陳治：〈杜工部集題識〉，見《清代杜集序跋滙錄》，頁15。另外，黃生於〈奉贈王中允維〉詩尾亦曾云：「敘得恬雅溫厚如此，此唐賢真《風》《雅》，少陵真面目也。」見《杜工部詩說》，卷4，頁213。杜詩敘述溫柔敦厚，唐賢之中，真得《風》《雅》要旨，而此為杜甫真面目。那麼，「溫柔敦厚」乃杜詩合應《三百》詩教的一種原因。

杜甫古體諸詩也深得溫柔敦厚大旨，其意盎然筆端，杜詩因而可以上承《風》《雅》宏旨。「溫柔敦厚」本即《三百篇》教化之道，那麼，詩人若能創寫「溫柔敦厚」作品，則踵繼《三百篇》教化精神。

　　總結而言，杜詩蹤跡《風》《雅》本意，其理由至少有三：忠君愛國、性情雅正、溫柔敦厚等。以目前所見資料言，古人論述杜詩追躡《風》《雅》遺意時，常用上述其中一個理由加以支持，有時用其中兩個理由揉合解釋，少數則以這三個理由一同說明。事實上，三者關係密切。

## 第二節　風雅與變風變雅

　　「風雅與變風變雅」可就「治世」與「亂世」兩方面分別說明：[20]

　　首先，就「治世」而言，孔子認為：藉由「溫柔敦厚」的詩歌可以達到教化百姓的目的。《禮記‧經解》篇曾說：

> 孔子曰：「入其國，其教可知也。其為人也：溫柔敦厚，《詩》教也。……。故《詩》之失愚。……。其為人也：溫柔敦厚而不愚，則深於《詩》者也。」[21]

詩歌如何達到教化百姓的目的呢？古人即曾憑據「自然之風」來說明《三百篇》中十五諸侯國其民間詩歌的教化之道。陳世崇（約1278前後在世）說：

---

20 關於「以世之治亂分正變」，可參翁麗雪：《詩經問答》（臺北：里仁書局，2010年），「《詩經》正變」，頁57-58。

21 〔漢〕鄭玄注，〔唐〕孔穎達疏：《禮記注疏》，見《文淵閣四庫全書》，第116冊，卷50，頁309。

> 風以動之，上之化下，如風之鼓動萬物也。[22]

　　自然之風可以吹拂潤化地上萬物，具有萌動化育的作用；由於民間詩歌可以感人心肺，因此民間詩歌可臻至「溫柔敦厚」的教化目的。所謂「上以風化下」。

　　《詩三百》這種教化方法也可從「禮」「義」「仁」來說明，並視為一個進階的過程：始於「禮」——釐定人與人之間的行為規範，譬如「正夫婦」、「經夫婦」；晉於「義」——彰顯應行或合宜之事，譬如「成孝敬」、「厚人倫」；終於「仁」——起人善心（或同理心），以仁為典型，臻於溫柔仁厚的風氣，譬如「美教化」、「移風俗」。此即〈毛詩大序〉「治世之時」詩歌教化的內涵，其終極目的在達到「仁風」的境界。輔廣（約1208年前後在世）曾詮釋孔子《三百篇》「思無邪」一語，他於「子曰：『《詩三百》，一言以蔽之，曰『思無邪』。』」下說：

> 「思無邪」，如《正風》《雅》《頌》等詩，可以起人善心；如《變風》等詩，極有不好者，亦可以使人知戒懼，不敢做。[23]

　　就整體而言，孔子藉由「溫柔敦厚」的詩歌來教化百姓，其鵠的就在陶育溫柔正面的性情，實現「里仁為美」的淳厚風俗。就細部而言，行為準則背後的依據是應行或合宜之事；應行或合宜之事乃植基於善

---

22 〔宋〕陳世崇：《隨隱漫錄》，見《文淵閣四庫全書》，第1040冊，卷5，頁192。

23 〔宋〕輔廣：《詩童子問》，見《文淵閣四庫全書》，第74冊，卷首，頁275。另外，〔宋〕段昌武（生卒年不詳）《毛詩集解》也曾說：「《論語》：『《詩三百》，一言以蔽之，曰：思無邪。』伊川程曰：『思無邪者，誠也。』朱曰：『凡詩之言，善者可以感發人之善心，惡者可以懲創人之逸志，其用歸於使人得其情性之正而已。」見《文淵閣四庫全書》，第74冊，卷首，「學詩總說·作詩之理」，頁423。

心或同理心;因此行為規範本根柢於同理心,或者「禮」背後實以「仁」為終極原則。《詩三百》的教化不能僅止於「禮義為紀」,更隱含「仁善安樂」的宏願。依此,「溫柔敦厚」的詩歌實以「仁」為極則。〈毛詩大序〉說:

> 《關雎》,后妃之德也,風之始也,所以風天下而正夫婦也。故用之鄉人焉,用之邦國焉。風,風也,教也。風以動之,教以化之。詩者,志之所之也,在心為志,發言為詩,情動於中而形於言,言之不足,故嗟歎之,嗟歎之不足,故永歌之,永歌之不足,不知手之舞之足之蹈之也。情發於聲,聲成文謂之音。治世之音安以樂,其政和。亂世之音怨以怒,其政乖。亡國之音哀以思,其民困。故正得失,動天地,感鬼神,莫近於詩。先王以是經夫婦,成孝敬,厚人倫,美教化,移風俗。[24]

一方面,由於十五國風的民間歌謠可以動人心肺,起人善念,稱美規刺,達到潛移教化百姓的目的,因此民間歌詩可以風潤天下,和諧經營夫婦間關係,更可施用於百姓社會國家——成就孝悌,厚篤人倫,薰陶感化,移風易俗。如此,即可由「禮義」層進,完成「仁風德化」。這當中的關鍵就是「溫柔敦厚」的詩教。另一方面,詩歌是言之所形,言是志之所現,志乃心之所適,因此詩歌乃性情所之。此中,溫柔和平詩歌意味溫厚雅正性情。反之,當情發於衷時,心志所之,即形於言,詩歌於焉誕生。所謂「詩者,志之所之,在心為志,發言為詩,情動於中而形於言」。這也意指作為詩歌的《三百篇》本

---

24 〔漢〕毛亨傳、鄭玄箋,〔唐〕孔穎達疏:《毛詩注疏》,見《文淵閣四庫全書》,第69冊,卷1,頁115-119。

源自詩人真實情性；此皆杜甫在創作上標榜與推介的詩歌標準——真實性情與溫柔敦厚。而真實性情與溫柔敦厚亦是《風》《雅》遺意的主要內涵。

　　其次，就「亂世」而言，由於王道衰微，政教荒失，異政殊俗，禮義廢弛，人循私利，而變亂局勢使詩人感嘆禮義人倫見棄，哀傷嚴刑苛政，且明瞭施政是非得失之故，於是情動於衷，發於聲，形於言，創作歌詩，希冀撥亂返治——「禮義為紀」、「發政施仁」，回復仁風德俗；其採用的方法乃「主文而譎諫」，藉由含蓄委婉的方式曉諭規刺，使在上位的國君能改過向善，[25]如此，言者無罪，聞者足戒，兩盡其心。所謂「下以風刺上」。也因此，世亂之際變風變雅作矣。這就是政失道易之時變風變雅誕生的原因。〈毛詩大序〉說：

> 上以風化下，下以風刺上。主文而譎諫，言之者無罪，聞之者足以戒，故曰風。至於王道衰，禮義廢，政教失，國異政，家殊俗，而變風變雅作矣。國史明乎得失之迹，傷人倫之廢，哀刑政之苛，吟詠情性，以風其上，達於事變而懷其舊俗者也。故變風發乎情，止乎禮義。發乎情，民之性也；止乎禮義，先王之澤也。是以一國之事，繫一人之本，謂之風。言天下之事，形四方之風，謂之雅。雅者，正也，言王政之所由廢興也。政有小大，故有小雅焉，有大雅焉。頌者，美盛德之形容，以其成功告於神明者也。[26]

---

25 陳應鸞《歲寒堂詩話校箋》曾說：「鄭玄箋：『主文，主與樂之宮商相應也。譎諫，詠歌依違不直諫。』『主文』，本謂詩之文辭與音樂之樂曲相配合，……。『譎諫』，本謂不直言人君之過失，詩與樂和所指斥之事乍離乍合。後世謂勸諫君王，不直言其過失，方式委婉，隱約其詞，使之自悟。」（卷下，頁147）

26 〔漢〕毛亨傳、鄭玄箋，〔唐〕孔穎達疏：《毛詩注疏》，見《文淵閣四庫全書》，第69冊，卷1，頁121-124。

變風變雅的詩歌是冀望透過刺惡勸善的創作方法，匡變循道，濟亂返治，回復禮義綱維，並施仁布德，民心望治的表現。不僅如此，變風變雅本屬《三百篇》的範圍，而《詩經》是源自詩人真實性情，也因此無論是治世的正風正雅或亂世的變風變雅，兩者皆發自詩人真實情性。

綜合而言，《三百篇》以「溫柔敦厚」為教化方法，在治世之時，臣民創作詩歌用以稱美施政，反映社會實情；國君藉由「溫柔敦厚」的詩歌潤化百姓，目的在「感發人之善心」，教化風俗，所謂「上以風化下」，在詩歌上這是屬於「正」的部分。在亂世之局，臣民憑據婉轉曲折、似有若無的方法曉戒刺惡，使國君能遷善遠過，目的在「懲創人之惡志」，救危圖治，所謂「下以風刺上」，在詩歌上這是屬於「變」的部分。就臣民而言，無論是「正」或「變」可以說都是傳統文化「愛國忠君」的表現。

事實上，古人也主張某些杜詩是屬於變風變雅。譬如，劉鳳誥曾提及「昔人謂杜詩長于諷刺，多《小雅》變聲」[27]。何以某些杜詩屬於變風變雅呢？首先，這主要跟杜甫憂時憫俗個性有關，謝肇淛曾說：

> 少陵以史為詩，已非風雅本色，然出於憂時憫俗，牢騷呻吟之
> 聲，猶不失《三百篇》遺意焉。[28]

杜甫身處世變之際，詩中感時傷國，慈憫世俗，不平婉刺，藉時事以寓褒貶意，雖非風雅本色，然憂國愛民之心，匡時濟世之志，仍得變風變雅旨趣，杜甫因此不失《詩三百》主意。

其次，杜甫情真性摯，愛君憂國，憫世傷吟，筆墨反復致意，而此與變風變雅關係密切。王壽昌《小清華園詩談》說：

---

27 〔清〕劉鳳誥：《杜工部詩話》，見《杜甫詩話六種校注》，卷1，頁190。
28 〔明〕謝肇淛：《小草齋詩話》，見《珍本明詩話五種》，卷2外篇上，頁370。

少陵性情真摯，憂國愛君之意，盎然於楮墨之間，猶有詩人遺意。但多憂傷感憤，擬諸《三百》，實為變風變雅，終非盛世之音。[29]

由於杜甫情誠性摯，處興衰治亂之局，憂君愛國，溢於言表；傷時感憤，善出規刺，因此某些杜詩實為變風變雅，這部分的杜詩雖非「盛世之音」，而為「世亂之音」，然亦逐隨《三百》大旨。最後，楊士奇也認為：杜詩出於變風變雅者，與其性情與遭遇關係密切。〈讀杜愚得序〉說：

李、杜，正宗大家也。太白天才絕出，而少陵卓然上繼《三百十一篇》之後。蓋其所存者，唐虞三代大臣君子之心，而愛君憂國、傷時閔物之意，往往出於變風、變雅者，所遭之時然也。其學博而識高，才大而思遠，雄深閎偉，渾涵精詣，天機妙用，而一由於「性情之正」，所謂「詩人以來，少陵一人而已」。世之注杜多矣。……。蓋得杜之心，而長篇短章關乎世道之大者，未遍及也。[30]

因為杜甫性情誠正，又以唐虞三代大臣君子之心自居，雖歷天寶兵火變局，愛君憂國，無心繫朝廷；悲時憫物，無不痌瘝凡民；秉持仁人憐愍之善心，蹈行民胞物與之大志；詩多不忍斥言，出以婉刺曉喻，希企濟危匡時，教化風俗，臻至溫柔淳厚世道，所謂「致君堯舜

---

29 〔清〕王壽昌：《小清華園詩談》，見《清詩話續編》，第3冊，卷上，「條辨」，頁1858。

30 〔明〕楊士奇：《東里續集》，見《文津閣四庫全書》，第1242冊，卷14，「序」，頁618。

上，再使風俗淳」者。有些杜詩因而實出變風變雅之音，此部分杜詩雖非《風》《雅》本色，然仍不失《三百篇》本旨。所以杜甫堪為詩人冠冕。

《三百篇》中風雅正變，皆屬《詩經》領域，都以「溫厚和平」為詩教，《禮記・經解》即言「溫柔敦厚，《詩》教也」。創作上，不論正風正雅，甚至變風變雅，凡得詩教意旨者，即踵繼《三百》詩統。詩人之中，最得「溫柔敦厚」旨趣者當為杜甫。范廷謀〈杜詩直解自序〉說：

> 嘗讀《詩三百篇》，風雅正變，大要期人之修身立德。而興觀群怨，啟發性情，裨益于後人，更非淺鮮。自《三百篇》開「詩教」之統，後之作者，非失于怨憤，則失于佻薄；非失于組織，則失于纖巧。其于舒寫性情，溫厚和平之意，蕩然無復存者。其間得風雅之正，莫如唐之杜工部。工部當唐室中衰，祿山背叛，間關萬里，奔赴行在，拜肅宗于靈武，其孤忠自矢，豈三唐諸詩人所能仿佛！即今讀其詩，雖單詞隻句，無非忠君憂國之心，溢于言表，千載而下，猶令人感發而興起。[31]

在「風雅與變風變雅」範圍中，若就溫柔敦厚而言，由於杜甫抒寫性情，得溫厚和平宏旨；凡得敦厚溫柔趣旨者，無論風雅正變皆合應「詩教」傳統，杜詩因此實得詩教本旨，追躡《三百篇》遺意。次就真實性情而言，杜甫推揚追躡創作上的真實性情；而情真性摯又是正風正雅與變風變雅的內在精神，杜甫因此承繼《風》《雅》遺旨。準此，不論正變風雅，因為杜甫在創作上溫厚和平且性情真摯，杜甫因此允得《三百篇》詩教傳統。

---

31 〔清〕范廷謀：〈杜詩直解自序〉，見《清代杜集序跋滙錄》，頁217。

## 第三節　追躡風雅遺意與詩聖

　　宋代以降，隨著儒家學說興復，國家意識逐漸抬頭，先哲察覺杜甫的「愛君憂國」突顯出其在時代上的價值，明顯優異於其他同時代詩人，所以不斷尊崇杜甫。在這點上，又分為三路，一路：杜甫忠君愛國，合符孔子「事君」旨要，躡承孔聖《詩》教；發揮己飢己溺聖懷，因此杜甫奉受「詩聖」。二路：杜甫忠君愛國，一飯未嘗忘君國，允為「詩人冠冕」，成就無以復加。「詩人冠冕」意指杜甫在忠君愛國這件事上，傑異時人，卓絕特出；而「人所尤長，眾所不及」即可稱「聖」，杜甫因此可稱「詩聖」。三路：杜甫忠君愛國，厚篤倫常，可以追躡《風》《雅》遺意，因而杜甫受推「詩聖」。

　　進一步言，倘若詩人在創作上能紹繼《風》、《雅》宏旨，詩人是否可稱「聖」呢？答案是肯定的。潘德輿《養一齋李杜詩話》曾說：

> 葛氏立方曰：「李白樂府三卷，于三綱五常之道，數致意焉。慮君臣之義不篤也，則有〈君道曲〉之篇；慮父子之義不篤也，則有〈東海勇婦〉之篇；慮兄弟之義不篤也，則有〈上留田〉之篇；慮朋友之義不篤也，則有〈箜篌謠〉之篇；慮夫婦之義不篤也，則有〈雙燕離〉之篇。」按此條于太白詩能見其大，太白所以追躡《風》、《雅》為詩之聖者，根本節目，實在乎此。[32]

潘德輿在此解釋李白在詩歌上可以稱「聖」，這是由於他的作品可以紹業《風》、《雅》的緣故。進一步，李白詩作可以躡跡《風》、《雅》

---

32　〔清〕潘德輿：《養一齋李杜詩話》，見《杜甫詩話六種校注》，卷1，頁274。

是因為李白在作品中對五倫綱常數度致意。然而在史料文獻中，李白是否真能篤厚君臣之義，恐須更多實證，否則難以支持李白能追隨《風》、《雅》這個說法。但是，李白在詩歌上「精於一事，眾所不及」這點仍無庸置疑，此當亦為李白成聖之路。

僅管如此，潘德輿在此文獻標舉有二：一、凡篤厚五倫綱常者可踵繼《風》、《雅》遺旨；二、凡能紹承《風》、《雅》趣旨者可為「詩之聖」。換言之，詩人承繼《風》、《雅》遺旨是成聖的一個重要原因。前文已云：由於杜甫忠君愛國、性情純正、溫柔敦厚，杜甫因而可追躡《風》、《雅》遺意。今潘德輿又高舉「追躡《風》、《雅》為詩之聖者」，依此杜甫堪稱詩聖。

譬如，陳俊卿即認為：詩作當以存續《風》、《雅》本意、輔弼名分教化、裨益時局、律度森嚴為旨要，陳俊卿〈碧溪詩話序〉說：

> 夫詩之作，豈徒以青白相媲，駢儷相靡而已哉？要中存風雅，外嚴律度，有補于時，有輔于名教，然後為得。杜子美，詩人冠冕，後世莫及，以其句法森嚴，而流落困躓之中，未嘗一日忘朝廷也。[33]

杜甫流落困頓，厚篤倫常，不嘗忘君；而忠義愛君又可蹤跡《風》、《雅》本旨；而踵繼《風》、《雅》趣旨又是成聖的理由，因此杜甫堪為詩聖。又如，管世銘（1760-1824）也認為：杜甫厚篤五倫，每飯不忘愛君憂國，〈讀雪山房唐詩序例〉說：

> 少陵一生，篤於倫誼：「夢中吾見弟，書到汝為人」，同氣之愛

---

33 〔宋〕黃徹：《碧溪詩話》（北京：人民文學出版社，1998年），頁1。

也；「香霧雲鬟濕，清輝玉臂寒」，伉儷之情也；「世亂憐渠小，家貧仰母慈」，父子之恩也；「已用當時法，誰將此義陳」、「一病緣明主，三年獨此心」、「盡哀知有日，為客恐長休」，友朋之誼也。至於愛君憂國，每飯不忘，尤不可以枚舉。其得於《詩》之本者厚矣，故曰「詩聖」。[34]

前述云及，凡篤志五倫綱常、不忘愛君憂國此兩者皆能逐隨《風》、《雅》本旨，而追躡《風》、《雅》遺意又可為聖。今杜甫不僅篤厚五常，又憂國愛君，可謂「得於《詩》之本者厚矣」者，杜甫因此受尊詩聖。最後，仇兆鰲〈杜詩詳註原序〉也曾說：

> 臣觀昔之論杜者備矣，其最稱知杜者莫如元稹、韓愈。稹之言曰：「上薄風騷，下該沈宋，鋪陳終始，排比聲韻，詞氣豪邁而風調清深，屬對律切而脫棄凡近。」愈之言曰：屈指詩人，工部全美，筆追清風，心奪造化，……。二子之論詩，可謂當矣。然此猶未為深知杜者。論他人詩，可較諸詞句之工拙，獨至杜詩，不當以詞句求之。蓋其為詩也，有詩之實焉，有詩之本焉。孟子之論詩曰：「頌其詩，讀其書，不知其人，可乎？是以論其世也。」詩有關於世運，非作詩之實乎。孔子之論詩曰「溫柔敦厚，詩之教也」。又曰「可以興觀羣怨，邇事父而遠事君」。詩有關於性情倫紀，非作詩之本乎。故宋人之論詩者，稱杜為詩史，謂得其詩可以論世知人也。明人之論詩者，推杜為詩聖，謂其立言忠厚，可以垂教萬世也。[35]

---

34 〔清〕管世銘：《讀雪山房唐詩序例》，見《清詩話續編》，第2冊，頁1551。

35 〔清〕仇兆鰲：《杜詩詳註》，頁1。此外，〔明〕孫承恩（1481-1561）《文簡集・襄陽七首之四・杜工部》也說：「少陵詩之聖，渾渾元氣通。尚論制作盛，盡善如周

杜甫在「性情倫紀」兩方面，有得於詩之本。就前者而言，此謂杜甫
性情至正、敦厚溫柔；就後者而，此謂杜詩事君事父、篤厚五常。而
詩人性情純正、溫柔和平、志篤五常者皆追跡《風》、《雅》大旨。今
杜甫性情雅正，溫柔忠厚，又志篤綱常，而此三者皆能追躡《風》、
《雅》宏旨，有得於詩之本，可以垂訓萬世，因此明人「推杜為詩
聖」。從「忠君愛國」而「承繼《風》、《雅》意旨」這一思路，杜甫
也可譽為「詩聖」。這才能較為深入且整全地理解杜甫。

　　杜甫追躡《風》、《雅》的原因，不僅是杜甫「性情誠正」，「愛君
憂國」、「厚篤倫常」等等，其中的關鍵更在「溫柔敦厚」這一點上。
此即劉濬所言「世之所以重杜者，……；尤在一飯不忘君國，雖遭貶
謫而無怨誹，『溫柔敦厚』，洵得《三百篇》遺意，所謂『上薄風雅』
者」；與和寧所謂「少陵之于詩，根至誠之心，發見道之言。是以哀
樂憂愉，得性情之正；『溫柔敦厚』，合《風》《雅》之遺」（皆見前引
文）。杜甫溫柔敦厚的詩歌是源自其溫柔敦重的性情；而敦厚溫柔的
性情是來自慈愛和善的仁心。就這點而言，杜詩不只是詩，乃仁德者
心之音。盧世㴋（1588-1653）曾說：

> 語云：「仁人之言，其利溥。」又云：「仁義之人，其言藹
> 如。」今觀子美詩猶信。子美溫柔敦重，一本之愷悌慈祥，往

公。胸藏五車書，筆掃千軍雄。輝煌三禮賦，曾獻明光宮。平生用世志，自許稷契
同。摧頹值時難，坎軻悲途窮。兵戈苦騷屑，黃屋當塵蒙。崎嶇走行在，飢寒迫其
躬。操觚賦時事，宇宙歸牢籠。勤拳社稷慮，懇惻生民恫。凜凜忠毅色，烈日明秋
空。上可繼風雅，下應陋雕蟲。一時旅人迹，萬古詩壇宗。」見《文津閣四庫全
書》，第1275冊，卷14，頁613。那麼，「忠君愛國」、「風雅遺旨」與「詩聖」三者關
係密切。最後，周履靖也曾說：「杜甫，體製格式，備極諸變，上祖雅頌，下友楚
漢，俯拾齊梁，故歷代尊之，永以為訓，詩家之聖者也。」（《騷壇秘語》，見《明詩
話全編》，第5冊，卷之中，頁4987）據此，追躡《三百》遺旨是成聖的理由之一。

往溢於言表。他不具論，即如〈又呈吳郎〉一首，極煦育鄰婦，又出脫鄰婦；欲開示吳郎，又迴護吳郎。七言八句，百種千層，非詩也，是乃仁音也。惻隱之心，詩之元也，詞客仁人，少陵獨步。[36]

綜結而言，杜甫性情溫柔敦厚，創作溫柔敦重的詩歌，洵得《風》《雅》遺旨，深得《三百》本根；忠君愛國，卓然不群，獨步詩界，為千年詩人冠冕，先哲因此盛譽杜甫為詩聖。這不只解釋了杜甫「上薄風雅」可為詩聖的現象；也說明了奉尊「詩人冠冕」可以稱聖的現象。

由於溫柔敦厚詩歌來自溫柔和平性情，所謂「性情誠正」者；而溫柔敦厚性情是詩人仁心的呈現，在君國的面向上，表現為愛君憂國，志篤倫常；在百姓的面向上，體現為愷悌惻怛，痌瘝慈心，尤其當遭逢變亂之時，古人因此認為杜甫的忠君愛國乃出自天性，這是溫柔敦厚的仁心使然。潘樹棠〈杜律正蒙例言〉說：

此編采茸諸家評注，求其與詩意合者錄之，以杜公本忠愛，發而為詩，藹然有《三百篇》「溫厚」之遺。[37]

杜甫本著溫柔敦厚性情，創作詩歌時現忠愛之誠，因此杜甫能追蹤《三百篇》宏旨，進而可尊譽為詩聖。另外，嚴壽澂於〈詩聖杜甫與中國詩道〉一文中也曾說：

---

36　張忠綱統稿：《杜甫全集校注》（北京：人民文學出版社，2014年），第9冊，卷17，頁5058-5059。

37　〔清〕潘樹棠：〈杜律正蒙例言〉，見《清代杜集序跋滙錄》，頁387。

所謂溫厚之情，即是忠厚惻怛的仁心。少陵具此仁心，不忍見
生靈之塗炭，不忍見家居之撞壞，加之學識足以濟其深思，稟
賦足以資其銳感，三美兼備，所以為詩聖。[38]

最後，杜甫身處世變流離之際，某些詩歌雖出以婉諷，這仍是本
於「溫柔敦厚」之仁心，發言為詩，以含蓄曲折、或美或刺、似有若
無方式規勸，既預留餘地，又聞者足戒；起人善念，使不敢為惡，撥
亂返治，回復仁德風氣，因此這部分杜詩依然不失「溫柔和平」旨
要。譬如，張英（1637-1708）〈杜意序〉說：

少陵處君臣朋友間，情致纏綿真摯，好規諷人過失，要不失其
「溫厚」之旨。[39]

杜甫根基溫厚仁心，以國是蒼生為計，志形於詩，無論秉筆直書，寓
言寄意，規過勸善，委婉暗諷，大抵在感發人的慈心，懲儆人的惡
志，使言者無罪，聞者悟戒，諷刺是通變方法，因此這部分隱諷的杜
詩仍得《詩》教旨趣。吳炯〈讀杜隨筆跋〉也說：

少陵為一代詩史，處有唐兵亂之際，凡朝綱國是，群臣忠佞，
以及宮掖邊機，四海生民之利害得失，區區忠愛，不能自已，
每發為詩歌以見志。然而「溫厚和平」，大含細入，有直書，
有寓言，有明規，有隱諷，有回環反覆，以動其感悟。[40]

---

38 嚴壽澂：〈詩聖杜甫與中國詩道〉，《國立編譯館館刊》，30卷1、2期合刊本（2001年
   12月），頁127。

39 〔清〕張英：〈杜意序〉，見《清代杜集序跋滙錄》，頁62。

40 〔清〕吳炯：〈讀杜隨筆跋〉，見《清代杜集序跋滙錄》，頁191。

更何況，杜甫在詩歌中諷刺時事，往往帶有含蓄色彩，因此仍不失忠厚之旨。胡震亨即曾說：

> 詩家雖刺譏中要帶一分含蓄，庶不失忠厚之旨。杜甫〈秋興〉：「同學少年多不賤，五陵衣馬自輕肥。」著一「自」字，以為怨之，可也；以為羨之，亦可也。何等不露！[41]

　　詩人在創作時雖以溫柔敦厚為依歸，然不能失於愚昧。溫厚規戒仍迷不悟，即出以諷刺勸戒，使濟危圖治，此等諷刺以國家生民為念，實屬通權達變之道，這是深通《詩教》本旨的體現，《禮記・經解》篇中孔子所謂「其為人也：溫柔敦厚而不愚，則深於《詩》者也」者。這也可以作為對杜甫深刻的讚譽。

## 小結

　　自古以來，古人都認為杜詩可以追躡《風》《雅》意趣，正所謂「上薄風雅」者。杜詩可以躍承《風》《雅》宏旨者，其理由至少有三：忠君愛國，性情純正，溫柔敦厚三點。由於杜甫性情誠正，敦厚溫柔，見意篇章，每飯不忘君國，厚篤倫紀，因此可以紹繼《風》《雅》遺旨。杜甫不只性情雅正溫厚，其所創作詩歌也符合《風》《雅》要旨，翁方綱甚至將杜詩推舉為「溫柔敦厚」詩教的繩矩典範，美譽備至。在杜詩學中，「風雅遺旨」的內容是創作上要求真實性情與秉持溫柔敦厚的詩教傳統。這兩者是「風雅遺旨」的主要內涵。此中，尤以「溫柔敦厚」概念最為複雜。以下分別自「溫柔敦

---

41　〔明〕胡震亨：《唐音癸籤》，見《文淵閣四庫全書》，第1482冊，卷4，頁545。

厚」與「真實性情」說明之：

就「溫柔敦厚」而言，《三百篇》雖以「溫柔敦厚」為教化之道，然其在治世與亂世作法各異。治世之際，詩歌一方面用以反映施政實情；另一方面用以形塑「里仁為美」的淳厚風氣。亂世之際，利用「主文譎諫」方式——以含蓄委婉、似有若無方法來曉諭刺過，戒惡導善，使言者無罪，聞者足悟。自「禮義」層進，臻至「仁風德化」。不只要求「禮義為紀」，厚篤人倫；更追求「仁善安樂」，德化天下，移風而易俗。無論風雅正變，就臣民而言，這些也是「忠君愛國」的體現。依此，君臣間的忠義之誠收攝於人倫關係之內，倫理綱常又含蘊於「溫柔敦厚」概念之內，進而形成儒家詩教體系。詩人之中，最得溫柔敦厚旨意者，莫過於杜甫。而敦厚溫柔即風雅詩教的內涵，杜甫因而繼跡《風》《雅》宏旨。

就「真實性情」而言，杜甫本推揚追求創作上的真實性情，情真性摯又是《風》《雅》內在精神，因此無論是詩作上的溫柔敦厚，還是創作上的真實性情，杜甫皆深得《風》《雅》詩教奧義。

若從杜詩「忠君愛國」出發，進而推論出杜甫為「詩聖」，計有三路：其一為「忠君愛國」與「事君」旨要有合；其二乃杜甫「允為詩人冠冕」；其三謂杜詩可「追躡《風》《雅》遺意」。先就「事君」精神言，杜詩「一飯未嘗忘君國」，其忠合符孔子「事君」大旨，深篤倫紀，可以承繼孔聖《詩》教，發揮「痌瘝在抱」心懷。次就「詩人冠冕」而言，杜甫的忠君愛國表現，卓爾出群，為詩人冠冕，不僅如此，詩法藝術，亦是時代傑筆；詩歌風格，克集大成，元稹謂「詩人已來，未有如子美者」。而精通一事，眾所未及，即稱為「聖」，杜甫因而為先賢美譽為「詩聖」。三就「風雅遺意」而言，潘德輿的文獻記載顯示：一、凡能篤厚倫常者可踵繼《風》《雅》弘旨；二、凡能承繼《風》《雅》趣旨者可為「詩之聖」。今杜甫性情純正，溫柔敦

厚，忠君愛國，又厚篤倫誼，因此杜甫追躡《風》《雅》要旨，而追跡《風》《雅》遺意者為詩聖，杜甫因此為先哲盛譽為「詩聖」。

　　前賢考索杜甫為詩聖，有二大主要途徑：一是自其「忠君愛國」察覺事君精神，厚篤倫紀，紹繼孔門《詩》教，具有己飢己溺與悲天憫人聖懷；其「忠君愛國」精神為詩人冠冕；篤實君臣倫常，躡承《風》《雅》宏旨；另一路是從「集大成」著手。

# 第六章
# 集大成說

　　自古以來，前賢即認為杜甫集詩歌之大成。不僅如此，杜甫更被
後人推尊為詩聖。前者形成「杜詩集大成」說；後者形成「杜甫詩
聖」說。這兩種說法在古典詩學中早已各自成為重要論題。然而，
「集大成」與「聖」的關係為何呢？

　　一般而言，在詩歌上能集古今大成，其詩作理當超凡入聖，也因
此杜甫可被尊為詩聖。那麼，「集大成」乃是杜甫「詩聖」說的重要
因素，兩者間的關係緊密。除此之外，「集大成」是否還綰攝其他概
念呢？本章嘗試論述這個議題。

## 第一節　杜詩集大成

　　「集大成」一詞首見《孟子·萬章》，是書曾云：

> 孟子曰：「伯夷，聖之清者也；伊尹，聖之任者也；柳下惠，聖
> 之和者也；孔子，聖之時者也。孔子之謂集大成。……。」[1]

孟子（西元前372-前289）認為：孔子集諸聖人之大成。[2]值得留意的
是，孟子不僅肯定：孔子是集大成者；並且，孔子也位列聖人之屬。

---

1　〔宋〕朱熹：《四書章句集註》，卷10，頁315。

2　朱熹《四書章句集註》云：「此言孔子集三聖之事，而為一大聖之事。」（卷10，頁
　315）

在踐德成聖上，倘能集其大成，這肯定不只是聖人，甚至臻至聖中之聖，古來所謂「至聖」者。問題是：當「集大成」的概念從「道德」範圍跨界運用到其他「藝文」領域時，「集大成」與「聖」之間的關係，就必然成為關注的焦點，或者「聖」的內涵必須有所義界。此中，最明顯的實例就是在杜詩。

就杜詩言，杜甫〈戲為六絕句〉其六即有「轉益多師是汝師」之句，杜甫強調：祖述效法前賢詩歌時，千萬別固守一家，正確的途徑應當是轉而更加努力，並多方學習具有真實性情的作品，這些作品才是真正值得你師法的對象。就杜詩學言，最早指出杜詩涵渾萬有，並具備前人各種不同詩歌風格傾向者當為元稹（779-831），其〈唐檢校工部員外郎杜君墓係銘並序〉曾說：

> 予讀詩至杜子美，而知小大之有所總萃焉。⋯⋯。至於子美，蓋所謂上薄風騷，下該沈宋，言奪蘇李，氣吞曹劉，掩顏謝之孤高，雜徐庾之流麗，盡得古今之體勢，而兼人人之所獨專矣。使仲尼考鍛其旨要，尚不知貴其多乎哉！苟以為能所不能，無可無不可，則詩人已來，未有如子美者。[3]

元稹認為：杜甫詩歌堪稱承繼風雅遺意，而且其五七言律可以囊括沈佺期、宋之問的律體，五言古詩可以超越蘇武、李陵的創作，豪逸之氣可以吞併曹植、劉楨的勝場。此外，杜詩的峻潔還可以遮蔽顏延之、謝靈運孤高之姿，其藻麗又融合徐陵、庾信流麗之態，因此，杜詩盡得古今詩體之樣貌，兼該詩人風格之專擅。如果能使孔子查究一下杜詩的宗旨，還不曉得他會多麼地珍視杜詩！在詩歌風格上，倘

---

3 〔後晉〕劉昫等奉敕撰：《舊唐書》，見《文淵閣四庫全書》，第271冊，卷190下，頁600。

若我們從杜甫可以完成別人所不能完成者，以及杜甫自身沒有適不適合的詩風問題來看，那麼，杜詩如入無人之地，沒有任何一位古今詩人，可以達到杜甫這樣的成就。

元稹在此提出了一個杜詩學中極為重要的論述：杜詩秉承《三百》遺意，即「溫柔敦厚」的教化之道，所謂「仲尼緝拾選揀，取其干預教化之尤者《三百》」[4]與「至於子美，蓋所謂上薄風騷」諸語（〈墓係銘〉），這是屬於「大」、「上」的面向；而杜詩又具備古人各種不同詩歌風格傾向，這是屬於「小」、「下」的面向。因此，杜詩可謂「大小總萃」「上下兼備」。而「大小總萃」「上下兼備」即〈墓係銘〉「盡得古今之體勢，而兼人人之所獨專矣」兩語。後世將這種創作現象稱為「集大成」，所以杜詩有所謂的「集大成」說。凡集大成者皆屬千古獨步，後人不及，此即「詩人以來，未有如子美者」。此論述已粗具後世杜詩集大成說之梗概；元稹〈墓係銘〉當是「杜詩集大成」、「詩聖」、「詩中之經」等等諸說的蒙發之文。元稹之後，釋普聞也曾言及杜詩集大成的特色，他說「老杜之詩，備於眾體，是為詩史」，「備於眾體」即「集大成」之意。

元稹「杜詩集大成」的相關論述也影響了《新唐書・杜甫傳》的看法，[5]〈本傳〉曾云：

> 唐興，詩人承陳隋風流，浮靡相矜。至宋之問、沈佺期等，研揣聲音，浮切不差，而號律詩，競相襲沿。逮開元間，稍裁以雅正，然恃華者質反，好麗者壯違，人得一概，皆自名所長。至甫，渾涵汪茫，千彙萬狀，兼古今而有之。它人不足，甫乃

---

4　〔後晉〕劉昫等奉敕撰：《舊唐書》，見《文淵閣四庫全書》，第271冊，卷190下，頁600。

5　是書約始於北宋仁宗慶曆四年，撰成於仁宗嘉祐五年（1044-1060）。

厭餘。殘膏賸馥，沾丐後人多矣。故元稹謂「詩人以來，未有
如子美者」。[6]

首先，由於杜詩風格渾備，萬般千樣，兼該古今眾體，涵括前人獨
擅，這是屬於「承先」的部分；杜甫詩歌還可潤溉後人，使啟蒙覺
悟，為熟習對象，這是屬於「啟後」的部分。因此，杜詩在風格上可
說是集大成而不可企及。其次，〈本傳〉不只注意杜詩涵古渾今的趨
向，更意識杜詩啟迪後塵的價值。這兩者都是後來「杜詩集大成說」
的重要範圍。此時杜詩雖未有「集大成」名目，然已略存「集大成」
的內涵。

杜詩學中，首次提及杜詩堪稱「集大成」者當屬宋代秦觀
（1049-1100）。秦觀曾將詩人杜甫與聖人孔子並列論述、兩相譬比，
兩相媲美的機樞在於他們都能適當其時並且可以集各家大成，〈韓愈
論〉說：「杜子美之於詩，實積眾家之長，適當其時而已。昔蘇武、
李陵之詩，長於高妙，曹植、劉公幹之詩，長於豪逸，陶潛、阮籍之
詩，長於冲澹，謝靈運、鮑昭之詩，長於峻潔，徐陵、庾信之詩，長
於藻麗。於是杜子美者，窮高妙之格，極豪逸之氣，包冲澹之趣，兼
峻潔之姿，備藻麗之態，而諸家之作所不及焉。然不集諸家之長，杜
氏亦不能獨至於斯也，豈非適當其時故耶？孟子曰：『伯夷，聖之清者
也；伊尹，聖之任者也；柳下惠，聖之和者也；孔子，聖之時者也。
孔子之謂集大成。』嗚呼！杜氏、韓氏亦集詩文之大成者歟！」[7]在
上述這個比附論述中，秦觀引用孟子的話並主張：孔子不僅身為適當

---

6　〔宋〕歐陽修、宋祁等奉敕撰：《新唐書》，見《文淵閣四庫全書》，第276冊，卷
　　201，頁61。

7　〔宋〕秦觀：《淮海集》，見《宋集珍本叢刊》（北京：綫裝書局，2004年），第27
　　冊，卷22，頁325。

其時的集大成者，而且孔子也是聖人。此時隱含著一個概括小結：凡適當其時的集大成者皆屬聖人。秦觀進一步又肯認：杜甫能適時地兼該各家專擅。所以杜甫為「詩聖」的結論已隱然似現。

　　相較孟子的說法，秦觀凸顯了「時」的重要性，亦即：詩文集大成的條件是必須「適當其時」，它必須在重要風格體制略為整全成熟之後始有可能。秦觀更將傳統儒學道德中「集大成」的概念解放出來，綰合元稹〈墓係銘〉與《新唐書・杜甫傳》的論說，首度越界運用到杜詩之中；並將杜甫與孔子媲美，雋譽備至，試圖建構出杜甫為「諸家不及」的類比論述。杜詩為「諸家不及」乃〈墓係銘〉、《新唐書・杜甫傳》與〈韓愈論〉三文的共同結論，此意味杜甫在詩藝上已被諸家認定為精粹出眾。但是「成德」與「藝文」本是兩個相異的界域，在積德成聖上，集諸聖之大成，原本就預設了他自身即是聖人──「孔子，聖之時者也」；藝術文學上則尚非必然，在秦觀論述中，雖已隱含「集大成為聖」這個小結，但是尚須得到更多藝文先賢之肯認，始能完善。然而無論如何，自此「集大成」說在杜詩學中已成為正式論題了，此為秦觀論述在杜詩學中的重要價值。

　　另外，蘇軾（1037-1101）論杜詩雖無「集大成」之名，然其敘述杜詩時亦具「集大成」之義，〈書吳道子畫後〉說：「知者創物，能者述焉，非一人而成也。君子之於學、百工之於技，自三代歷漢至唐而備矣。故詩至於杜子美，文至於韓退之，書至於顏魯公，畫至於吳道子，而古今之變，天下之能事畢矣。」[8]蘇軾認為：以迄於唐代角度而言，由於杜甫的學識詩藝能兼該承繼而無所不備，因此詩至杜甫「古今之變，天下之能事畢矣」。而「古今之變，天下之能事畢」即所謂的「集大成」。陳師道（1053-1101）對此曾云：「蘇子瞻云：『子

8　〔宋〕蘇軾：《東坡全集》，見《文淵閣四庫全書》，第1108冊，卷93，頁503。

美之詩，退之之文，魯公之書，皆集大成者也。』」[9]因為杜甫學識詩
藝皆能兼該綜博，所以詩至唐代杜甫而能備焉，而無所不備即「集大
成」，據此，杜甫集詩歌之大成。暫且結說，杜詩學中，蘇軾凸顯肯
定杜甫「情不忘君」與「備集大成」的特質，對日後杜甫邁向「詩
聖」之路影響深遠，至關重要。

　　經由元稹、釋普聞、《新唐書·杜甫傳》、蘇軾、秦觀與陳師道等
人的相繼詮釋，「杜詩集大成說」至此已初步奠定根柢。[10]此後「杜詩
集大成」說基本上已成為一主流觀點，茲將例證羅列如下：

　　　　呂午（約1240前後）說：「唐詩惟杜工部号『集大成』，自我朝
　　　　數鉅公發明之，後李咸知宗師，如車指南，罔迷所向也。」[11]

　　　　薛雪（1681-1770）說：「詩之用，片言可以明百義；詩之體，
　　　　坐馳可以役萬象。所以杜浣花集古今大成於開、寶間，上薄
　　　　《風》《騷》，下淩屈宋，無有議者。」[12]

　　　　方東樹（1772-1851）說：「……。其後惟杜公，本《小雅》、
　　　　屈子之志，集古今之大成，而全渾其迹。」[13]

---

9　〔宋〕陳師道：《後山詩話》，見《歷代詩話》，上冊，頁304。
10　或參潘德輿：《養一齋李杜詩話》，見《杜甫詩話六種校注》，卷2，頁291-292。「杜
　　詩集大成」說基本上乃是元稹、釋普聞、《新唐書·杜甫傳》、蘇軾、秦觀與陳師道
　　等前人發明，並加以詮釋而成的。
11　〔宋〕呂午：《竹坡類稿·書題紫芝編唐詩》，見《北京圖書館古籍珍本叢刊》（北
　　京：書目文獻出版社，1988年），第89冊，卷3「題跋」，頁304。
12　〔清〕薛雪：《一瓢詩話》，見《清詩話》，頁640。
13　〔清〕方東樹：《昭昧詹言》，卷1，頁5。

　　　陳廷焯（1852-1892）說：「詩至于杜，集古今之大成，更無與
　　　並者矣。」[14]

歸納而言，古人認為：杜甫的詩歌實集古今之大成。「杜詩」與「集
大成」關係密切。張忠綱（1940-）甚至認為：杜詩集大成說早已成
為定論，《杜甫詩話六種校注・前言》云：「杜甫為中國古典詩歌的集
大成者，早已成為定論。」[15]準此，「杜詩集大成」說當為古典詩學中
的重要議題。

## 第二節　杜詩集大成內涵及理由

　　「杜詩集大成」這概念的內容豐富多元，涉及杜詩的風格、內容
與藝術三個面向。其原初內涵是指風格集大成，後來擴張含涉內容與
藝術的範圍。分述如下：

---

14 〔清〕陳廷焯：〈杜詩選自序〉，見《清代杜集序跋滙錄》，頁406。此外，前人肯認
　　杜詩號「集大成」者甚夥，譬如：蔡條《西清詩話》說：「『詩家視陶淵明，猶孔門
　　視伯夷。』集大成手，當終還子美。」（《養一齋李杜詩話》，見《杜甫詩話六種校
　　注》，卷2，頁298）又如，〔元〕楊載《詩法家數》「總論」下說：「老杜全集，詩之
　　大成也。」見《歷代詩話》，下冊，頁735。又如，胡震亨《唐音癸籤》說：「漢、
　　魏至唐，詩家能事都盡，杜後起，集大成，……。」見《文淵閣四庫全書》，第
　　1482冊，卷6，頁552。又如，王士禎《新編漁洋杜詩話》也說：「詩至工部，集古
　　今之大成，百代而下無異詞者。」（《杜甫詩話六種校注》，卷1，頁438）又如，沈
　　德潛《說詩晬語》也說：「王維、李頎、崔曙、張謂、高適、岑參諸人，品格既
　　高，復饒遠韻，故為正聲。老杜以宏才卓識，盛氣大力勝之。讀〈秋興〉八首、
　　〈詠懷古跡〉五首、〈諸將〉五首，不廢議論，不棄藻繢，籠蓋宇宙，鏗戛韶鈞；
　　而橫縱出沒中，復含醞藉微遠之致；目為『大成』；非虛語也。」（見《清詩話》，
　　頁488-489）最後，趙希璜（1746-1806）〈戚鶴泉集杜詩序〉也曾說：「自有少陵，
　　集詩人之大成者也。」（見《清代杜集序跋滙錄》，頁329）總言之，「杜詩集大成」
　　確為一主流觀點。
15 張忠綱：《杜甫詩話六種校注》，頁1。

　　首先，「杜詩集大成」是指杜詩集聚兼備各體詩歌風格，成為一多元博大整體。這也是杜詩集大成說最早的內涵，也是最主流的觀點。杜詩可以兼備各體之風、積擅眾家之長，秦觀特別著重在「適當其時」。關於這個「時」字，陳文華《杜甫傳記唐宋資料考辨》曾進一步詮釋說：「就一個集大成的作家而言，他勢必生長在各種風格兼備的時代之後，才有可能兼集眾家之長，而展現出集大成的風格面貌。」[16]因為杜甫生長在各種風格兼備的時代之後，如此，始有悉備眾擅之可能，而渾具諸類詩歌風貌。

　　何以杜甫能兼備眾體而集其大成呢？古人認為這主要是由於杜詩能上薄《風》《騷》，憲章漢魏，取材六朝，規效四傑等等前賢的緣故。譬如，宋濂基本上即沿襲元稹與秦觀等人的見解，認為：杜甫能取法《三百》，承繼前哲，「盡得古今之體勢，而兼人人之所獨專」，完備各體詩風，因此杜甫集詩歌之大成。〈答章秀才論詩書〉說：「天寶中，杜子美復繼出，上薄《風》《雅》，下該沈、宋，才奮蘇、李，氣吞曹、劉，掩顏、謝之孤高，雜徐、庾之流麗，真所謂『集大成』者，而諸作皆廢矣。」[17]此外，嚴羽《滄浪詩話‧詩評》也曾說：

> 少陵詩，憲章漢魏，而取材於六朝；至其自得之妙，則前輩所謂「集大成」者也。[18]

由於杜詩能祖述漢魏，取效六朝，臻至揚揚自得之境，並齊備諸妙，杜甫因而能集詩歌之大成。最後，袁康也認為：杜詩能承繼《風》

---

16　陳文華：《杜甫傳記唐宋資料考辨》，頁251。

17　〔明〕宋濂：《宋濂全集》（杭州：浙江古籍出版社，2014年）（全八冊），第2冊，「潛溪後集」卷4，頁338。

18　〔宋〕嚴羽著，郭紹虞校釋：《滄浪詩話校釋》（臺北：里仁書局，1987年），頁171。

《騷》遺跡，籠罩漢魏，齊足六代，囊該四傑，所以杜詩能集詩歌之
大成，〈校印虞山錢氏杜工部草堂詩箋序〉說：「蓋少陵以自許稷契之
身，備歷開、寶盛衰之局，雖以獻賦見奇于人主，而奸邪煬灶，僅授
末僚，曷能仰維國命？迨至德二載，抗逆歸順，拜左拾遺，職居禁
近，似可有為矣。旋又因言事外斥，嗣此羈棲幕府，漂泊關河，濟變
有才，效忠無路，卒至窮餓以老，而每飯不忘君之大節，猶可于詩句
間見之，其志詎在三代下乎！不直此也，重以披吟，窮乎萬卷，筆自
有神，得失喻之寸心，律尤入細。故其古近諸體，如武庫之利鈍具
陳，名山之曠奧兼擅。鐘鏞本無纖響，琴瑟自協元音。用能薄《風》
《騷》而籠漢魏，范六代而規四傑，克集詩家之大成。」[19]由於武庫
名山皆能兼擅具陳因而集其大成；歸結言之，凡物事悉備者即能集大
成。而杜詩薄近《風》《騷》，效法漢魏，籠括六代，祖述四傑，該備
諸體，這是杜詩克集大成的理由。

　　其次，「杜詩集大成」是指杜詩內容含渾萬有，包羅萬象，成為一
兼容並蓄的整體。譬如，張有泌即認為杜詩能涵容萬物，流轉變化，
因而杜甫堪集詩歌之大成，張有泌〈杜工部五言排律詩句解序〉說：

　　　　至于包涵萬有，渾淪變化，詩之大成，莫如杜。[20]

由於杜甫能集詩歌大成，世間少有，所以諸家企踵不及。此外，黃生
也認為：一方面，因為杜甫能咀嚼《騷》《雅》，鑽探齊梁；杜甫又能
馳騁五經，融會三史，因此能兼備前代創作而集詩歌大成。黃生進一
步又舉隅「五都」「大將」兩例來說明杜詩能集大成。他認為：五都

---

19 〔清〕袁康：〈校印虞山錢氏杜工部草堂詩箋序〉，見《清代杜集序跋滙錄》，頁17-
　　18。

20 〔清〕張有泌：〈杜工部五言排律詩句解序〉，見《清代杜集序跋滙錄》，頁303。

列肆，大將用兵；無所不陳，無不如意。雖百事具陳，又從心所欲，集其大成。今杜甫在詩歌的創制上，不止臻至無所不該，又順心如意，因此杜甫集詩歌之大成。另一方面，杜甫的創作取材廣博，學力宏大，構思精微，可以容含天地元氣，人間五倫，無所不備，因此杜甫集詩歌大成。黃生〈杜詩概說〉說：

> 杜詩所以集大成者，以其上自《騷》《雅》，下迄齊梁，無不咀其英華，探其根本，加以五經三史，博綜貫穿，如五都之列肆，百貨無所不陳。如大將之用兵，所向無不如意。其材之所取者博，而運以微茫窈眇之思；其力之所自負者宏，而寓以沈鬱頓挫之旨。以言乎大則含元氣，以言乎細則入五倫，以言乎天地之間，則備矣。此所以兼前代之制作，而為斯道之範圍也與！[21]

簡言之，杜詩內容渾備天地五倫，無所不陳；運思精心要眇，順意從心，這就是杜詩集大成的理由。

最後，郭麐（1767-1831）也認為杜詩內容宏博廣大，應有盡有，此當即前賢所謂「集大成」者，〈杜詩集評序〉說：「余竊嘗思之：少陵之詩，宏演博大，無所不賅。如海焉，百川之所歸輸，而由河、由江、由淮，各有所道；如五都之市，百貨之所積聚，而富商大賈，下至百族販夫，各有所貿易取與。」[22]由於都市大海無所不該，

---

21 〔清〕黃生：《杜工部詩說》，頁10。

22 〔清〕郭麐：〈杜詩集評序〉，見《清代杜集序跋滙錄》，頁340。此外，張彥士〈杜詩旁訓自序〉也說：「杜之為詩廣矣，備矣！可以包羅萬象，可以範圍古今。」（見《清代杜集序跋滙錄》，頁133）杜詩內容可以包羅萬象，古今不出其範圍，其詩廣備，當可謂「集成」者。

　　碧海五都積聚大成，歸結而言，涵容萬象乃集大成者。而杜詩內容又堪稱宏遠博大，舉萃萬象，無所不有，因此杜甫集詩歌之大成。

　　問題是：何以杜甫詩歌在風格上能渾備各體，兼該專擅；在內容上無所不具，涵容並蓄呢？除了學力、性情、胸襟等等因素外，[23]這主要與杜甫平生經歷有關。杜甫既當開元全盛，又遭逢安史變亂，心勞志苦，更增益不能；隨後流移秦蜀，播遷夔岳，飄泊潭衡，既張大眼耳，又擴展器識，發之於詩，能無所不備，因此杜甫集詩歌之大成。黃之雋（1668-1748）〈杜詩鈔題辭〉即曾說：

　　　　杜子美之為詩也，學成四十之前，而晚出之以見于世。宦薄遭

---

23　首先，就學力而言，譬如，范溫《潛溪詩眼》「杜詩學沈佺期」下曾說：「古人學問必有師友淵源，漢楊惲一書，迥出當時流輩，則司馬遷外孫故也。自杜審言已自工詩，當時沈佺期宋之問等，同在儒館為交游，故老杜律詩布置法度，全學沈佺期，更推廣集大成耳。」《宋詩話輯佚》，卷上，頁317-318。亦即：杜甫律詩布置法度全學沈佺期，推廣而集其大成。又如，沈德潛《唐詩別裁集》（上海：上海古籍出版社，2013年）「杜甫（五古）」下曾說：「前人論少陵詩者多矣，至嚴滄浪則云『憲章漢魏，而取材于六朝，至其自得之妙，先輩所謂『集大成』者也』。敔器之比之『周公制作，後世莫能擬議』，斯為篤論。……。○少陵五言長篇，意本連屬，而學問博，力量大，轉接無痕，莫測端倪，轉似不連屬者，千古以來，讓渠獨步。○唐人詩原本《離騷》、《文選》，老杜獨能驅策經史，不第以詩人目之。」（卷2，頁55）簡言之，杜甫不僅上承《風》《騷》，又學貫經史，精熟《文選》，況才力又大，因此杜詩無不具備而能廣集大成，獨步千古。其次，就性情胸襟而言，譬如，葉燮（1627-1703）《原詩》曾說：「詩之基，其人之胸襟是也。有胸襟，然後能載其性情智慧，聰明才辨以出，隨遇發生，隨生即盛。千古詩人惟杜甫，其詩隨所遇之人、之境、之事、之物，無處不發其思君王、憂禍亂、悲時日、念友朋、弔古人、懷遠道，凡歡愉、幽愁、離合、今昔之感，一一觸類而起；因遇得題，因題達情，因情敷句，皆因甫有其胸襟以為基。如星宿之海，萬源從出；如鑽燧之火，無處不發；如肥土沃壤，時雨一過，天喬百物，隨類而興，生意各別，而無不具足。」（見《清詩話》，卷1，頁518）由於杜甫胸襟懷抱廣大、性情溫柔篤厚，而能因遇得題，因題達情，因情敷句，隨類而發，因此杜詩在風格與內容上能渾備各體，無不具足。

亂，困窮顛踣，天既逼迫其肺腸，幽奧曲折，以與鬼神通，軋而愈出。及夫流離楚蜀，播蕩江山之間，又張大其眼耳，靈異詭怪，以動其魂氣。兩者并而發之為詩，于是乎集成而獨有千古。[24]

由於杜甫具有讀書萬卷、下筆如神的識力，加以遭亂顛沛、困頓流徙的經歷，在風格上悉備諸體；在創作上無不兼該，因而杜甫能集詩歌大成，千古無與並者。

又如，徐秉義（1633-1711）也認為：杜甫學富言遠，廣覽經史，融貫百家，陶冶發之；生平閱歷，天時人事，無所不紀，包渾萬象，因此，千古以來只有杜詩能「兼諸所有」。這種「兼諸所有」的創作現象即前人所謂的「集大成」。這也是杜詩難讀的理由。徐秉義〈問齋杜意序〉說：「杜詩不易讀也！諸家之詩，各有所長，其妙易見；獨子美之詩，兼諸所有，讀者以全力周旋，嘗應接不暇。觀其身當明皇、肅、代之世，任將用兵，播遷克復，天時人事，無所不紀。雖有得于比興諷刺之體，而其奇變綜博，則有似乎子長、孟堅之書。又其學富，其言遠，經史百家，以至佛老興象，莫不陶冶而出之。有經濟，有權略，妙達情變，深窮物理，自謂致堯舜，比稷契，泣鬼神，愁花鳥，良非夸言。讀者即其一篇一句，驟為驚喜，鳥鼠飲巢，自謂有得；及覽其全編，如浮滄海，難為舟楫，如入鄧林，難為斧斤，此杜詩之所以難讀也。」[25]因為滄海廣大，無所不納；鄧林袤闊，幹枝千里。歸納言之，兼納萬象是為集成。今杜詩「兼諸所有」，堪為詩歌滄海、詞華鄧林，因此，杜詩集詩歌大成而不易為人閱讀。

---

24 〔清〕黃之雋：〈杜詩鈔題辭〉，見《清代杜集序跋滙錄》，頁227。
25 〔清〕徐秉義：〈問齋杜意序〉，見《清代杜集序跋滙錄》，頁59-60。

　　最後，畢沅也認為：一方面，杜甫承踵家法，驅策百家典籍，窮究物理；又能上薄《風》《騷》，憲章漢魏，吮吸羣書英華，發於歌詩，兼有古今，言近而意遠。另一方面，杜甫備歷安史兵亂、開寶盛衰世易，流離顛沛，愁苦感憤，無一不紀，託之詩歌。因此，無論在風格與內容上堪稱集詩歌大成。畢沅據此認為杜詩不可注，不必注。畢沅〈杜詩鏡銓序〉說：「杜拾遺集詩學大成，其詩不可注，亦不必注。何也？公原本忠孝，根柢經史，沉酣於百家六藝之書，窮天地民物古今之變，歷山川兵火治亂興衰之蹟；一官廢黜，萬里饑驅，平生感憤愁苦之況，一一託之歌詩，以涵泳其性情，發揮其才智；後人未讀公所讀之書，未歷公所歷之境，徒事管窺蠡測，穿鑿附會，刺刺不休，自矜援引浩博，真同癡人說夢，於古人以意逆志之義，毫無當也。此公詩之不可注也。公崛起盛唐，紹承家學，其詩發源於《三百篇》及楚《騷》、漢魏《樂府》，吸羣書之芳潤，擷百代之精英，抒寫胸臆，鎔鑄偉辭，以鴻博絕麗之學，自成一家言；氣格超絕處，全在寄託遙深，醞釀醇厚，其味淵然以長，其光油然以深，言在此而意在彼，欲令後之讀詩者，深思而自得之；此公詩之不必注也。」[26]簡言之，杜甫學貫群書，悉綜名家，兼備諸體；生平旅歷，悲歡愉戚，隨遇發之，因此杜詩能集詩歌之大成。

　　第三，「杜詩集大成」是指杜甫能集聚古典詩歌藝術之美善，完成自我價值，臻至詩歌最高藝術境界。這可就兩方面而言，分述如下：

　　一、就「溫柔敦厚」言，古人認為：《詩三百》以「溫柔敦厚」為其旨歸；[27]凡得《詩經》「溫柔敦厚」要旨者，即得詩歌之道而臻至

---

26 〔清〕楊倫：《杜詩鏡銓》，頁1-2。
27 陳束〈蘇門集序〉曾說：「夫詩，以微言通諷諭，其教『溫柔敦厚』為主。本不通於微、不底於溫厚，不可以言詩。由《三百篇》迄于唐，其指一也。」〔明〕陳束：《陳后岡詩文集》，見《叢書集成續編》（臺北：新文豐出版公司，1989年），第144

詩歌最美善境界。[28]由於杜詩能得《三百篇》本旨，[29]因此杜詩能臻
至詩歌最美善的境界——「溫柔敦厚」，[30]而堪稱「集大成」。譬如，
釋居簡即認為杜甫能得《詩經》「溫柔敦厚」的詩教，讚揚漢魏六朝
詩作，因此杜甫集聚詩歌最大成就。釋居簡〈送高九萬菊磵游吳門
序〉說：

> 少陵得《三百篇》之旨歸，鼓吹漢魏六朝之作，遂集大成。[31]

因為杜甫能得《三百篇》「溫柔敦厚」的創作旨要，所以杜甫集聚詩
歌藝術之美善而達到最大成就。又如，杜甫深得孔子「溫柔敦厚」、

---

冊，頁50。此外，鄧元錫也說：「詩者，人之性情也。……《詩》之為教，『敦厚溫
柔』，言切義無直指，近托遠諷，譬之風然，俾渢渢乎，足感乎人心。」《鄧元錫詩
話》，見《明詩話全編》，第5冊，頁4690。簡言之，《詩經》以「溫柔敦厚」為主。

28 沈德潛於〈施覺庵考功詩序〉說：「詩之為道也，以微言通諷諭，大要援此譬彼，
優遊婉順，無放情竭論，而人裴徊自得於意言之餘。《三百》以來，代有升降，旨
歸則一也。惟夫後之為詩者，哀必欲涕，喜必欲狂，豪則縱放，而戚若有亡，麤厲
之氣勝，而忠厚之道衰，其於詩教，日以偵矣。」見《沈德潛詩文集》（北京：人
民文學出版社，2011年），卷11，頁1314。也就是說，「溫柔敦厚」為詩歌之道。

29 范廷謀〈杜詩直解自序〉說：「嘗讀《詩三百篇》，風雅正變，大要期人之修身立德。
而興觀群怨，啟發性情，裨益于後人，更非淺鮮。自《三百篇》開『詩教』之統，
後之作者，非失于怨憤，則失于佻薄；非失于組織，則失于纖巧。其于舒寫性情，
溫厚和平之意，蕩然無復存者。其間得風雅之正，莫如唐之杜工部。工部當唐室中
衰，祿山背叛，間關萬里，奔赴行在，拜肅宗于靈武，其孤忠自矢，豈三唐諸詩人
所能仿佛！即令讀其詩，雖單詞隻句，無非忠君憂國之心，溢于言表，千載而下，
猶令人感發而興起。且格律之嚴，極于毫髮；氣局之大，涵蓋古今。諸凡起伏關
照，主賓虛實，離奇變化，不可端倪。要皆神明于法律之外，仍不離于規矩之中。
故自有近體以來，詩之可傳者，不一其人。惟工部盡得古人之體勢，而兼昔人之所
獨得。」（見《清代杜集序跋滙錄》，頁217）那麼，杜詩實得《三百篇》本旨。

30 翁方綱在〈神韻論上〉說：「盛唐之杜甫，詩教之繩矩也。」《復初齋文集》，見
《續修四庫全書》，第1455冊，卷8，頁423。

31 〔宋〕釋居簡：《北磵集》，見《文淵閣四庫全書》，第1183冊，卷5，頁63。

「美刺諷喻」之詩教，文詞能含蓄不露，使聞者足戒，言者無罪，無施不可，因此，杜詩萬丈光芒，遂集大成。丁鶴〈弇山集杜序〉說：

> 自少陵出，而光焰萬丈，凌跨百代，集詩之大成，其于四始六義、頌揚風刺，無不備焉。使聖人作而采詩，則少陵升堂入室矣。故凡學詩者，無不以少陵為俎豆，然而得皮得骨者寥寥無幾，矧得其髓者乎！[32]

由於杜甫以風雅自任，所謂「別裁偽體親風雅」，能追躡《風》《雅》遺意，深得諷喻美刺、敦厚溫柔之詩教，因此實現最高成就，有「集大成」稱號，進而超今絕古，凌跨百代。王士禛說：「在子美集中，雖往往以風雅自任，亦未嘗凌轢諸家，而獨肩巨任也。獨是工部之詩，純以忠君愛國為氣骨。故形之篇章，感時紀事，則人尊『詩史』之稱；冠古軼今，則人有『大成』之號。」[33]歸結而言，由於杜甫能得《詩經》「溫柔敦厚」教化之道，因此杜詩達到詩歌美善境域而集其大成。

　　二、就「無美不具」言，前人也認為杜甫在詩學上不只能承先啟後，繼往開來，又能無美不具，無法不該，尤以律詩最為精細美善，而集千古詩學之大成。譬如，張學仁〈杜詩律敘〉說：

> 千古集詩學之大成者，專推工部。上承漢魏齊梁之緒，下開宋元明各派，無美不臻，無法不備，而律為尤細。[34]

---

32　〔清〕丁鶴：〈弇山集杜序〉，見《清代杜集序跋滙錄》，頁241。

33　〔清〕王士禛：《新編漁洋杜詩話》，見《杜甫詩話六種校注》，卷1，頁447。

34　〔清〕張學仁：〈杜詩律敘〉，見《清代杜集序跋滙錄》，頁378。

在文學史上，杜甫紹承漢魏六朝詩歌遺風，啟迪宋明詩學宗派，《新唐書・本傳》所謂「殘膏賸馥，沾丐後人多矣」；在藝術上，杜詩美善法度，無所不有，無施不可，因此杜甫集千古詩歌大成。此外，杜濬也認為：杜詩無美不備，又能上承前代，下開後世，集詩歌之大成而為詩聖。李秉銳〈集杜詞敘〉說：

> 昔杜茶村論浣花詩無美不具，上自漢魏六朝，下逮中晚宋元，奄有其體，此所以集大成而稱詩聖也。[35]

值得注意的是，杜濬進一步認為：杜甫因為能集詩歌大成而為詩中之聖。換言之，「集大成」與「詩聖」兩者間當也存在一定聯繫。如此，杜詩又從「集大成」推擴到「詩聖」了。

古人更認為：杜甫可與周公兩相比附。周公禮樂無所不陳，無不如意，盡善盡美，堪稱集大成。概括言之，凡無所不該、美善兼具者是謂大成。今杜詩無所不有，盡美盡善，[36]因此杜甫集詩歌大成。游

---

35 〔清〕李秉銳：〈集杜詞敘〉，見《清代杜集序跋滙錄》，頁332。此外，此外《環溪詩話》也說：「……然後知詩道之難如此，而古今之美，備在杜詩，無復疑矣。」（見《文淵閣四庫全書》，第1480冊，頁33）那麼，杜詩能備古今之美。

36 譬如，方深道《諸家老杜詩評》說：「清逸嘗言：少陵包眾作之妙，論庾信文章則云『老更成』，于王、楊、盧、駱則言『當時體』，與太白、摩詰、高、岑之屬並游方駕，未嘗矜己所長，而優劣默自有定，蓋其才力實能跨此數公。」（見《杜甫詩話六種校注》，卷4，頁78）又如，胡應麟曾說：「用事之工，起於太冲詠史。唐初王、楊、沈、宋，漸入精嚴。至老杜苞孕汪洋，錯綜變化，而美善備矣。用事之僻，始見商隱諸篇。宋初楊、李、錢、劉，愈流綺刻。至蘇、黃堆疊詼諧，粗疎詭譎，而陵夷極矣。」見《詩藪》（臺北：廣文書局，1973年），「內編、近體上、五言」，頁206。最後，《杜詩詳注》亦云：「王世貞元美曰：……。子美五言，〈北征〉、〈述懷〉、〈新婚〉、〈垂老〉等作，雖格本前人，而調由己創。五七言律廣大悉備，上自垂拱，下逮元和，宋人之蒼，元人之綺，靡不兼總。故古體則脫棄陳規，近體則兼該眾善，此杜所獨長也。」見《杜詩詳注》，第3冊，頁2325-2326。

潛《夢蕉詩話》說：

> 世稱李太白為詩仙，杜子美為詩聖。孫器之評云：「太白如劉
> 安雞犬，遺響白雲，覈其歸存，恍無定處；子美如周公制作，
> 盡善盡美，後世莫容擬議。」確論也。或以善陳時事，稱子美
> 為詩史者，豈足以盡之哉！[37]

　　杜詩能如周公制禮作樂無所不備，善美兼備，集古今大成；[38]而
集古今大成者可以為聖，因此杜甫又為詩聖。
　　總而言之，「集大成」的內涵，是在原初的風格基礎上，擴張並
含入內容與藝術的範圍，形成一多元面向。「集大成」不僅須適當其
時，也必能啟迪後世。杜詩能兼備各體詩風，內容渾含萬有，又能無
美不具，杜詩因而集古今之大成。

## 第三節　集大成與詩聖

　　在古典詩歌或杜詩學上，「集大成」與「聖」這兩者間關係一直是
前人關注焦點。古人歸結出——杜甫是集大成的詩聖。若以現代學術
角度分析，主要是採用兩個進路，一路是類比進路；一路是演繹進路。

---

37　〔明〕游潛：《夢蕉詩話》，見《叢書集成初編》（北京：中華書局，1991年），頁
　　25。

38　〔宋〕敖陶孫（字器之）《臞翁詩集》「詩評」下說：「獨唐杜工部如周公制作，後
　　世莫能擬議。」見《汲古閣景抄南宋六十家小集》（北京：國家圖書館出版社，
　　2014年），第43冊（無頁碼）。又如，方朔〈杜解傳薪摘抄序〉說：「自漢迄隋，詩
　　體疊變，而能如周公禮樂集千古之大成，則獨有盛唐杜少陵一人。」（見《清代杜
　　集序跋滙錄》，頁400）最後，潘德輿《養一齋李杜詩話》也說：「敖氏器之謂『子
　　美如周公制作，後世莫能擬議』。幾矣，終不如杜詩『集大成』語為尤的實耳。」
　　（見《杜甫詩話六種校注》，卷2，頁299）

　　首先，採類比為進路的有秦觀、邵長蘅與劉肇虞等人。此路是以
「孔子集大成為聖」作為根基。秦觀〈韓愈論〉（見前引文）以《孟
子‧萬章》為基礎，他認為：孔子乃適當其時的集大成者──集聚
「聖之清」、「任」、「和」而為大成；並且孔子亦位列聖人。據此，凡
適當其時的集大成者即屬聖者。此中，「集大成」的必要條件之一乃
「適當其時」。今杜甫亦適當其時而兼備各體詩歌風格，諸如「高
妙」、「豪逸」、「冲澹」、「峻潔」、「藻麗」等。因此「在詩歌上杜甫堪
稱詩聖」這個結論已然呼之將出。

　　一方面，秦觀在此強調「時間」的重要，「集大成」須「適當其
時」，「集大成」須在各體風格誕生之後。另一方面，雖然「杜甫為詩
聖」這個結論目前隱而不言，然而一旦臻於「聖」的境界，詩藝上勢
必獨步千古而為諸家所不及，所謂「諸家之作所不及焉」。那麼，此
時「聖」字即具有「精通一事，眾所不及」之義。不僅只有含括「倫
理道德」的內涵。

　　邵長蘅（1637-1704）基本上仍沿續秦觀的思路，認為孔子因為
集大成而稱聖，進一步將孔子與杜甫兩相比附，其共同點皆在「集大
成」這一點上；而今杜甫在詩歌上也是集其大成，因此勢必推出杜甫
堪稱「詩聖」這個類比結論。邵長蘅〈漸細齋集序〉中說：

　　　古今論者以為詩家至子美而集大成，故詩有子美，猶聖之有宣
　　　尼。[39]

孔子由於集大成而為聖，今杜甫在詩歌上亦集大成者，準此，杜甫當
亦可尊之為聖。秦觀與邵長蘅兩人皆試圖以孔子在道德上集大成而稱

---

39　〔清〕邵長蘅：《邵青門全集》，見《叢書集成續編》（上海：上海書店：1994年），
　　第125冊，卷7，頁701。

聖，試圖歸結出「集大成」與「聖」之間的緊密關係，只是秦觀更強
調「適當其時」的重要；兩人再藉由「集大成」這共通點，嘗試越界
去解釋杜甫在詩藝上亦可稱聖的現象。

　　劉肇虞大體上亦承續秦、邵兩人進路，嘗試藉由比附的方式加以
論述。劉肇虞〈杜工部五言排律詩句解自序〉曾說：

> 《三百》以降，杜詩繼之。昔之尊杜者，代不一人。自元微之
> 及秦少游輩推尊之至，曰杜聖于詩，又曰杜集大成。夫聖而大
> 成，是猶論道德而至孔子，不可以一端名也。[40]

孔子在道德上稱「聖」，或者後世襃贈「至聖」，此不可以一端名之，
實「集大成」之故。若分別言之，孔子既是「大成」而且乃「聖」，
是猶杜甫既是「大成」而且為「聖」，所謂「夫聖而大成」；那麼，
「集大成」與「聖」間的關係密切，今杜甫在詩歌上亦集大成者，因
此杜甫亦可稱聖。如此，「集成之聖」即完成從「道德」跨界到「詩
藝」的領域了。

　　其次，以演繹為進路有黃子雲、曹禾與杜濬等人。此路已逐漸脫
離依附在「孔子集大成為聖」的觀點上，而是嘗試直接論述出「杜甫
集大成為聖」的結論。黃子雲（1691-1754）主要是認為：就儒家而
言，孔子是兼堯、舜、禹、湯、文、武、周公而為集大成者；孔子又
因集大成而為聖，因此孔子是聖人。就詩歌而言，杜甫乃兼《風》、
《騷》、漢、魏、六朝而為集大成者；杜甫又因集大成而為聖，所以
杜甫是詩聖。黃子雲並將孔子與杜甫兩相對舉，分別論證兩人皆聖。
黃子雲《野鴻詩的》說：

---

40　〔清〕劉肇虞：〈杜工部五言排律詩句解自序〉，見《清代杜集序跋滙錄》，頁304。

> 孔子兼堯、舜、禹、湯、文、武、周公而成聖者也；杜陵兼
> 《風》、《騷》、漢、魏、六朝而成詩聖者也。[41]

黃子雲在論述孔子與杜甫皆「聖」的過程中，分別隱含了一個前提：
凡集大成者為聖。而此前提基本上仍來自「孔子因集大成而為聖」這
個論述之中。只是在杜詩「集大成」論述發展中，逐次從隱含走向了
具體。

曹禾主張：一方面，孔子以《三百篇》「溫柔敦厚」大旨教育百
姓，潛移暗化，使歸於「溫厚和平」性情；另一方面，由於杜詩具備
前人各種不同風格而集其大成，且集大成又為聖，此謂「集成之
聖」。曹禾〈漁洋續詩集序〉說：

> 詩之教垂於聖人，聖人定為經，以治後世之性情，使歸於正。
> 騷人之詞，漢魏之作，斑斑也。陵遲極於梁、陳。少陵杜氏，
> 起而振之，所謂上薄風雅，下該沈、宋，盡古今之體勢，兼人
> 人之獨專，其集成之聖與！[42]

因為杜甫詩歌能「上薄風雅，下該沈、宋，盡古今之體勢，兼人人之
獨專」，在風格上兼該各體詩風而集大成；而集大成者又臻至聖人之
屬，杜甫因而可稱為詩聖。此時，「集成為聖」撰成明文，「集大成」
與「聖」的關係已非常顯然。總之，在杜詩學中，元稹、釋普聞、蘇
軾、秦觀與陳師道等人的貢獻在於提出並奠立杜詩具「集大成」現
象；秦觀〈韓愈論〉的價值在於：以孔聖為實質憑依，藉由杜甫與孔

---

41 〔清〕黃子雲：《野鴻詩的》，見《清詩話》，頁782。
42 袁世碩主編：《王士禎全集・詩文集》（濟南：齊魯書社，2007年），第1冊，頁
689。

子的譬比，隱含著「集大成為聖」的概括小結。然而秦觀這概括結論尚須被揭露，並加以確定。如此，「杜甫可譽為詩聖」的論述始為整全，這實是一個歷史發展的過程。也因此，元稹無法在其時代就逕自稱譽杜甫為詩聖。

此外，杜濬更認為杜詩不僅兼備詩歌各體風格，又能達到詩藝上的美善，因而集詩歌之大成，這是杜甫為詩聖的重要理由。李秉銳〈集杜詞敘〉即曾引杜濬之言云「昔杜茶村論浣花詩無美不具，上自漢魏六朝，下逮中晚宋元，奄有其體，此所以集大成而稱詩聖也。」（見前引文）由於杜甫詩歌能上承漢魏六朝，下啟中晚唐、宋元諸代，風格多元富贍；詩藝更無不美備。因此杜詩實集大成。而集大成者即為聖，因此杜甫稱為詩聖，是謂「此所以集大成而稱詩聖也」。

杜甫因為其詩歌能兼具諸體，其類博廣，集大成而有詩聖稱號，前人甚至將杜甫推揚為「至聖」。閻若璩（1636-1704）〈讀書堂杜工部詩集注解序〉說：「杜以前之詩，莫聖于陳思王，而其體未備。後乎杜，有聖人之目者，僅玉溪生，而其類又不廣，故杜為『至聖』」。[43]閻氏「至聖」之目，號同孔聖，亦推譽備至。換言之，古人認為：杜甫在詩歌上堪稱集大成。由於杜詩能集大成，就杜甫個人而言，杜甫被尊譽為「詩聖」；就杜詩作品而言，杜詩被推尊為「詩中之經」。（集成）聖人著作刪定之書籍，世人本尊奉為「經」，歷史文化的典型即孔子與《六經》。

自宋以來，前人往往奉杜詩為經典，甚至尊杜詩為「詩中之經」（或「詩中六經」），[44]此類稱號或形述甚夥，茲舉例如下：

---

43 〔清〕閻若璩：〈讀書堂杜工部詩集注解序〉，見《清代杜集序跋滙錄》，頁106。

44 譬如，羅大經（字景綸）《鶴林玉露》說：「春秋之時，天王之使交馳於列國，而列國之君如京師者絕少。夫子謹而書之，固以正列國之罪；而端本澄源之意，其致責於天王者尤深矣。唐之藩鎮，猶春秋之諸侯也。杜陵詩云『諸侯春不貢，使者日相

鄒浩〈送裴仲孺赴官江西序〉云:「昔司馬子長、杜子美皆放浪沅湘,闚九疑,登衡山,以搜抉天地之秘,然後發憤一鳴,聲落萬古,儒家仰之,幾不減六經。」[45]

陳善〈杜詩高妙〉說:「老杜詩當是『詩中六經』,他人詩乃諸子之流也。」[46]

魯訔〈編次杜工部詩序〉說:「若其意律,乃『詩之六經』,神會意得,隨人所到,不敢易而言之。」[47]

　　古人視杜詩為詩歌經典或「詩中之經」,其中一個重要理由乃是由於杜詩能集大成的緣故。因為杜詩能集大成;凡集大成者堪為「詩中之經」,杜詩因而乃「詩中之經」。譬如,方拱乾(1596-1667)〈手錄杜少陵詩序〉即曾說:

少陵詩,「詩中六經」也。以詩詣言,所謂「集大成」也。其夐絕處,不在于博,而博亦一端。[48]

少陵詩乃詩中之經,若以詩詣的角度而言,這是由於杜詩能集大成的

---

望』。蓋與《春秋》同一筆。」見《文津閣四庫全書》,第867冊,卷2,頁263。此言杜詩具《春秋》筆法,一字一筆能寓褒貶之義,使亂臣賊子懼。杜甫不僅有意將「集」(中之「詩」)提昇至「史」的位階,更試圖將「集」提昇至「經」的地位。羅大經即曾洞悉此點。那麼,杜詩當為「詩中之經」。

45 〔明〕鄒浩:《道鄉先生鄒忠公文集》,見《宋集珍本叢刊》(北京:線裝書局,2004年),第31冊,卷27,頁206。

46 〔宋〕陳善:《捫蝨新話》,見《全宋筆記》,第5編,第10冊,卷7,頁58。

47 〔宋〕魯訔編次、蔡夢弼會箋:《草堂詩箋》,頁20。

48 〔宋〕方拱乾:〈手錄杜少陵詩序〉,見《清代杜集序跋滙錄》,頁123。

緣故。因為杜詩在詩藝上能集大成，此不僅為重大成就，更以渾含萬有而可以位列詩中經屬。杜詩能集詩歌之大成，其中一個因素正是杜詩能「博」。「集成」原因雖不只是「博」，但「博」實為一重要緣由。這解釋了杜詩何以尊稱為「詩中之經」這個現象。

進一步言，杜詩能集詩學之大成，兼該各體詩歌風格──包含「溫柔和平」，而「溫柔敦厚」乃詩教也，換言之，杜詩能得《三百篇》詩教之旨。凡得詩教之旨能登《三百篇》之堂；而此堪為詩中之經。景考祥〈杜詩直解弁言〉說：「唐之以詩名家者眾矣，自杜少陵出，集詩學之大成。由盛唐以訖中晚，言詩者必折衷焉，何哉？溫厚和平，詩之教也。少陵之詩，哀而不傷，□□□怒，處流離患難之日，極忠君愛國之心，纏綿悱惻，感發性情，宜其登《三百篇》之堂，而奪騷經之席。」[49]杜甫在詩歌上既能兼備各體詩風，此意指杜詩亦得《三百篇》「溫柔敦厚」創作本旨與風格，其詩哀而不傷，怨而不怒，能使言者無罪，聞者足戒，臻至《三百篇》殿堂，奪騷經之席，可奉為詩中之經。

最後，劉濬也認為杜詩為世人所重視，還不僅僅是因為杜詩能集大成，兼具各體詩歌風格的緣故──即元稹所謂「子美，蓋所謂上薄風騷，下該沈宋，言奪蘇李，氣吞曹劉，掩顏謝之孤高，雜徐庾之流麗，盡得古今之體勢，而兼人人之所獨專矣」，其關鍵更在於：杜詩確實能得《詩經》「溫柔敦厚」的遺旨，而成詩中之經。劉濬〈杜詩集評自序〉云：「詩自漢魏而後，至少陵止矣。大含細入，包羅萬有，謂之聖，謂之史，前人之論備焉。……。且世之所以重杜者，尚不以其詩之『奪蘇、李，吞曹、劉，掩顏、謝而雜徐、庾，得古人之體勢，兼人人所獨專』，如元相所言已也；尤在一飯不忘君國，雖遭

---

49 〔清〕景考祥：〈杜詩直解弁言〉，見《清代杜集序跋滙錄》，頁216。

貶謫而無怨誹，溫柔敦厚，洵得《三百篇》遺意，所謂『上薄風雅』
者，其在斯乎？」[50]由於杜甫能得《三百篇》「溫柔敦厚」深旨，憂國
愛君，雖遭貶謫，其音忠厚惻怛，不忍斥言。凡得《三百篇》遺旨
者，可謂「上薄《風》《雅》」，追躡《風》《雅》遺意，而登《三百
篇》之堂，入《詩經》之室，如此，杜詩堪為詩中之經。

## 小結

從古至今，杜詩集大成說即是一重要議題。由「杜詩集大成說」
擴展開來的概念——諸如「詩聖」、「詩中之經」等等，更是值得探究
的對象。但是此前杜詩學的研究皆屬分頭進擊，較少探討諸說間的關
係，事實上，它們可以形成一完整的論述，而此即本章的價值。分述
如下：

「杜詩集大成」內容有三：一、這是指杜詩集聚渾備各種詩風，
成為一多元博大整體；二、這是指杜詩內容渾備萬有，大含細入，成
為一兼容並蓄的整體；三、這是指杜甫能集聚詩歌藝術之美善，完成
價值，達到詩歌最高藝術境界。而此又與「詩聖」的關係密切。

從「集大成」而「聖」的角度言，「聖」的內涵有二：首先，由
於杜詩在風格上能兼該各體；在內容上能含渾萬象；在詩藝上能集聚
美善，此皆「精於詩事，諸人不及」明證。凡能精於一事、無與並者
可為聖，因此杜甫受尊為詩聖。

其次，杜詩中本有許多「仁民愛物」、「民胞物與」的作品，譬
如：〈自京赴奉先縣詠懷五百字〉「朱門酒肉臭，路有凍死骨」；〈茅屋
為秋風所破〉「安得廣廈千萬間，大庇天下寒士俱歡顏」；〈又呈吳郎〉

---

50 〔清〕劉濬：〈杜詩集評自序〉，見《清代杜集序跋滙錄》，頁340。

「已訴徵求貧到骨，正思戎馬淚盈巾」；〈題桃樹〉「簾戶每宜通乳燕，兒童莫信打慈鴉」等等。而積聚慈心善行即可成聖，《荀子・勸學》所謂「積善成德，而神明自得，聖心備焉」。因此從杜詩內容言，杜詩亦可為詩聖。準此，就杜甫「詩聖」說而言，「聖」的內涵至少有二：一、「精於詩事，眾所不及」；二、弘揚慈心，積聚善行。

　　由於杜詩堪稱集古今詩歌之大成，風格上兼備各體詩風，包含《三百篇》「溫柔敦厚」之教化，可登《三百篇》殿堂，「奪騷經之席」；內容上大含細入，渾羅萬有，藉詩以寓褒貶意，「與《春秋》同一筆」；在藝術上，不僅能得「溫柔敦厚」本旨，又能無美不備，無法不具，達到詩歌最美善境界。三者皆屬「集大成」範圍，古今詩人若得其一，即可尊為經典，登堂而入室，所謂「詩中之經」，何況杜甫三者齊備，因此，杜詩當可奉為「詩中之經」。

# 第七章
# 結論

　　「史」與「聖」初看無涉，細究著實密切，文化傳統上，「史」本「聖」的手段，「孔子成《春秋》而亂臣賊子懼」，不僅繫乎忠孝，且涉終極關懷。

　　自晚唐孟棨《本事詩》記錄杜甫號為「詩史」以後，宋代以降，昔人不斷對此稱譽闡發詮釋：或以為敘時事能有依據；或寓寄抑揚褒貶意；或用字遣詞能尋出處；或記載年月地理本末；或詩歌風格能備於眾體；或主張同諸史傳文法正反之道等等。此中，詩法同諸文法即「以文為詩」說；遣詞運字能尋出處即「無一字無來處」說；備於眾體即「集大成」說。由此可見杜甫「詩史」說之複雜。

　　一般而言，前賢認為杜詩不易讀亦不易注，而讀杜注杜的關鍵在於「去杜不大遠」，亦即：讀者或注者須能讀萬卷書、行萬里路與蓄萬種意。創作上，由於杜甫博學飽覽，精熟典故，取材閎廣，因而能無一字無來處；又善於變化鎔鑄，不露痕跡，使人不覺，如「水中著鹽」，運筆如有神。而「字字有來處」意指用字能有依據，可覓尋出處，有證據可求，杜甫因此有「詩史」美譽。

　　古人也察覺杜詩「經世致用」的價值——詩教。孔子《詩》教以「思無邪」、「溫柔敦厚」、「興觀群怨」與「事父事君」為主要內涵。其中，「思無邪」、「溫柔敦厚」可視為「體」；「興觀群怨」「事父事君」可視為「用」。「體」「用」在觀念上相符相通，孔子《詩》教可描述如下：詩人內心柔和雅正，立言忠厚，不採直斥，而以委婉怨刺為表現方式，令人自悟，既預留轉圜餘地，又可和睦相處，不同流合

汗,其方法並可推用於君臣、父子、夫婦、兄弟與朋友等等關係,篤厚倫誼;詩之善言可感人善心,惡者可懲創邪志,使個人歸本仁心、社會歸諸仁風;無論是國君或臣民,都可藉由詩歌觀察心志正邪、風俗盛衰與政教得失。前賢覺知杜詩符合「思無邪」、「溫柔敦厚」、「興觀群怨」與「事父事君」大旨,並認定杜詩能紹繼孔子《詩》教,具「經世致用」價值。

就目前發現來看,杜甫從「詩史」擴昇至「詩聖」有兩個中介概念:「忠君愛國」與「集大成」。

先就「忠君愛國」言,「忠君愛國」是杜詩從「詩史」尊號轉移擴昇至「詩聖」的轉捩點。一方面,杜詩的特色主要是忠君愛國、憂國愛民。由於杜甫愛君憂國,詩中寄寓《春秋》是非褒貶筆法;身歷兵火流離,感時紀事;敘事更講究依據,遑論年月地理本末,因此世號為「詩史」。

另一方面,杜甫愛國戀君、仁民憂國實為孔子「事君」宏旨的一種具現,乃「事君」的重要表徵,更是理解杜甫儒家思想的盍徑。沈德潛所謂「一飯未嘗忘君,其忠孝與夫子『事父』『事君』之旨有合,不可以尋常詩人例之」。杜甫「事君」精神乃一凌雲壯志,其賦性溫厚,忠君愛國,以人飢己飢、人溺己溺自期,欲大庇天下寒士,道濟天下陷溺,呈現「以民為本」的關懷;在創作上,標舉親隨性真意摯的《風》《雅》詩作,憑藉或美或刺、微露藏省、含蓄曲折的方式感人善心,諷人惡念,使言者無罪,聞者足戒,既厚篤君臣五倫,又匡翊風教,希冀昇進和樂仁風的大同社會──杜甫即曾云「別裁偽體親風雅」、「許身一何愚,竊比稷與契」、「致君堯舜上,再使風俗淳」等。因為杜甫在「性情」「倫紀」的表現卓絕特出,也因此杜詩能紹承孔門《詩》教,追躡《風》《雅》遺意,所以杜甫受尊「詩聖」。如此,杜甫稱號即由「詩史」逐步擴昇「詩聖」,既保留「詩

史」名目,又揚昇至「詩聖」。此時前賢已確立杜甫人格道德的美善形象,這反映傳統詩藝對典範的要求,不可否認,這也是古賢對杜詩藝術價值的一種判斷依據。

　　既奉為典範,杜甫當然深得孔子刪《詩》本旨,理由歸結有三:忠君愛國、性情雅正與敦厚溫柔。揉合言之,杜甫情性溫厚,身逢干戈世變,悲時憫俗,能情不忘君,篤實綱常;採選溫柔婉刺,寓寄是非褒貶,希冀救危圖治,實亦愛國忠君之表現。古人認為杜甫能追蹤《風》《雅》偉旨,因此盛譽為「詩聖」。

　　次就「集大成」言,「集大成」曾被視為「詩史」的原因之一,釋普聞說:「老杜之詩,備於眾體,是為詩史。」「備於眾體」意指「集各家風格大成」;他將「集各家風格大成」理解為「反映集聚各家風格面貌大成之事」,亦即:杜詩自身反映了能集聚各家風格面貌大成之事,因而認定杜甫為「詩史」。此後,「集大成」逐漸自「詩史」原因轉向成「詩聖」的理由,這也是除了「忠君愛國」外,少數同為「詩史」與「詩聖」的因素。

　　「集大成」的內涵豐富:或謂兼備各種詩風;或指內容渾含萬有;或云集聚詩藝美善。當中,杜詩不乏恫瘝在抱、民胞物與的作品,發揚慈悲濟世,能積善成德,備有聖心。另外,無論是「忠君愛國」與「備集大成」,古人認為凡精於一事,眾所不及,即謂之「聖」,所以在此意義上杜甫又可稱「詩聖」。

　　杜詩自晚唐即有「詩史」稱號,此後又受尊「詩聖」美譽,名號內容更各自發展,明清以降至今,兩者同時並存,深獲前人肯定。最特別的是,在進展過程中,杜甫逐漸從「詩史」層次轉移擴昇至「詩聖」境界。

　　杜甫從「詩史」揚昇轉向「詩聖」名號,與孔子及蘇軾關係密切。孔子是杜甫成聖的實質憑藉;蘇軾則是杜甫成聖的推昇關鍵。先就前

者而言，宋人覺察杜甫的「忠君愛國」可上接孔子「事君」精神；杜詩「集大成」的特點又與孔子「集聖大成」相似。次就後者而言，杜詩學中，最早發現高舉前述杜詩這兩個特色（「一飯未嘗忘君」、「古今之變，天下之能事畢」），並高度肯定杜詩（「《詩》之正」）者即蘇軾。蘇軾曾說「杜子美在困窮之中，一飲一食，未嘗忘君，詩人以來，一人而已」（〈與王定國四十一首〉）、「若夫發於情、止於忠孝者，其詩豈可同日而語哉！古今詩人眾矣，而杜子美為首，豈非以其流落饑寒，終身不用，而一飯未嘗忘君也歟」（〈王定國詩集敘〉）；蘇氏又肯定「詩至於杜子美，……，而古今之變，天下之能事畢矣」（〈書吳道子畫後〉），前述即「忠君愛國」；後者乃「集大成」。蘇軾不僅意識杜詩「忠君愛國」與「集大成」的特異價值，更以其在文壇崇高地位予以杜詩極高評價，這對杜甫成聖之事，具有推揚的功績。

　　杜詩的「忠君愛國」是「事君」的具現，以仁為本，關愛百姓，能情不忘君，以微露藏省，或美或刺，戒惡導善，具「教化經世」的價值；「集大成」意指杜詩內容渾涵萬象、詩藝備善、風格兼具。前者呈現為人格道德美善，後者表現為詩藝風格美善，至此，人格道德與詩藝風格合而為一，兼備人格道德與詩藝風格美善。也就是說，杜詩既引發詩藝風格美善之感受，又呈現人格道德美善之理想，此時「詩」與「人」達到和諧統一的狀態，杜詩由「詩史」稱號真正揚昇為「詩聖」美譽。

# 引用暨參考資料

## 一　杜詩暨舊注

〔唐〕杜甫：《杜工部集》，臺北：臺灣學生書局，1967年。

〔宋〕趙次公注，林繼中輯校：《杜詩趙次公先後解輯校》，上海：上
　　　海古籍出版社，1994年。

〔宋〕郭知達集註：《九家集註杜詩》，臺北：臺灣大通書局，1974年。

〔宋〕魯訔編次，蔡夢弼會箋：《草堂詩箋》，臺北：廣文書局，1971
　　　年。

〔宋〕黃希原注、黃鶴補注：《補注杜詩》，見《文淵閣四庫全書》，
　　　臺北：臺灣商務印書館，1986年。

〔清〕朱鶴齡輯注，韓成武等點校：《杜工部詩集輯注》，保定：河北
　　　大學出版社，2009年。

〔清〕黃生：《杜工部詩說》，京都：中文出版社，1976年。

〔清〕仇兆鰲：《杜詩詳註》，臺北：里仁書局，1980年。

〔清〕吳見思：《杜詩論文》，臺北：臺灣大通書局，1974年。

〔清〕張溍：《讀書堂杜工部詩文集註解》，濟南：齊魯書社，2014
　　　年。

〔清〕吳瞻泰：《杜詩提要》，臺北：臺灣大通書局，1974年。

〔清〕浦起龍：《讀杜心解》，北京：中華書局，2000年。

〔清〕楊倫：《杜詩鏡銓》，臺北：華正書局，1986年。

## 二 古籍

〔漢〕毛亨傳，〔漢〕鄭玄箋，〔唐〕孔穎達疏：《毛詩注疏》，見《文
　　淵閣四庫全書》，臺北：臺灣商務印書館，1986年。

〔漢〕鄭玄注，〔唐〕孔穎達疏：《禮記註疏》，見《文淵閣四庫全
　　書》，臺北：臺灣商務印書館，1986年。

〔魏〕何晏集解，〔宋〕刑昺疏，〔唐〕陸德明音義：《論語注疏》，見
　　《文淵閣四庫全書》，臺北：臺灣商務印書館，1986年。

〔晉〕葛洪撰，何淑貞校注：《新編抱朴子》，臺北：國立編譯館，
　　2002年。

〔唐〕元稹撰，冀勤點校：《元稹集》，北京：中華書局，2000年。

〔唐〕孟棨：《本事詩》，見《百部叢書集成》，臺北：藝文印書館，
　　1965年。

〔後晉〕劉昫等奉敕撰：《舊唐書》，見《文淵閣四庫全書》，臺北：
　　臺灣商務印書館，1986年。

〔宋〕宋祁等：《新唐書》，北京：中華書局，1987年。

〔宋〕歐陽修、宋祁等奉敕撰：《新唐書》，見《文淵閣四庫全書》，
　　臺北：臺灣商務印書館，1986年。

〔宋〕蘇軾：《蘇軾文集》，北京：中華書局，1986年。

〔宋〕蘇軾：《東坡全集》，見《文淵閣四庫全書》，臺北：臺灣商務
　　印書館，1986年。

〔宋〕李之儀：《姑溪居士後集》，見《文淵閣四庫全書》，臺北：臺
　　灣商務印書館，1986年。

〔宋〕秦觀：《淮海集》，見《宋集珍本叢刊》，北京：綫裝書局，2004
　　年。

〔宋〕李復：《潏水集》，見《文淵閣四庫全書》，臺北：臺灣商務印
　　書館，1986年。

〔宋〕陳師道：《後山詩話》，見《歷代詩話》，北京：中華書局，
　　　2001年。

〔宋〕黃庭堅：《山谷集》，見《文淵閣四庫全書》，臺北：臺灣商務
　　　印書館，1986年。

〔宋〕黃庭堅：《山谷別集》，見《文淵閣四庫全書》，臺北：臺灣商
　　　務印書館，1986年。

〔宋〕黃庭堅：《山谷外集》，見《文淵閣四庫全書》，臺北：臺灣商
　　　務印書館，1986年。

〔宋〕黃庭堅：《黃庭堅全集》，成都：四川大學出版社，2001年。

〔宋〕鄒浩：《道鄉先生鄒忠公文集》，見《宋集珍本叢刊》，北京：
　　　綫裝書局，2004年。

〔宋〕王直方：《王直方詩話》，見《宋詩話輯佚》，臺北：華正書
　　　局，1981年。

〔宋〕周紫芝：《太倉稊米集》，見《文淵閣四庫全書》，臺北：臺灣
　　　商務印書館，1986年。

〔宋〕李綱：《梁溪先生文集》，見《宋集珍本叢刊》，北京：綫裝書
　　　局，2004年。

〔宋〕史繩祖：《學齋佔畢》，見《文淵閣四庫全書》，臺北：臺灣商
　　　務印書館，1986年。

〔宋〕黃徹：《䂬溪詩話》，見《百部叢書集成》，臺北：藝文印書
　　　館，1966年。

〔宋〕黃徹：《䂬溪詩話》，北京：人民文學出版社，1998年。

〔宋〕姚寬：《西溪叢語》，見《百部叢書集成》，臺北：藝文印書
　　　館，1965年。

〔宋〕姚寬：《西溪叢語》，見《全宋筆記》（第4編），鄭州：大象出
　　　版社，2008年。

〔宋〕吳沆：《環溪詩話》，見《文淵閣四庫全書》，臺北：臺灣商務
　　印書館，1986年。

〔宋〕吳沆：《環溪詩話》，見《宋詩話全編》，南京：江蘇古籍出版
　　社，1998年。

〔宋〕方深道輯，張忠綱編注：《諸家老杜詩評》，見《杜甫詩話六種
　　校注》，濟南：齊魯書社，2004年。

〔宋〕陸游：《陸放翁全集》，臺北：世界書局，1990年。

〔宋〕陸游：《老學庵筆記》，北京：中華書局，2005年。

〔宋〕張戒撰，陳應鸞校箋：《歲寒堂詩話校箋》，成都：巴蜀書社，
　　2000年。

〔宋〕朱熹：《四書章句集註》，臺北：鵝湖月刊社，2010年。

〔宋〕施德操：《施德操詩話》，見《宋詩話全編》，南京：江蘇古籍
　　出版社，1998年。

〔宋〕樓鑰：《攻媿集》，見《文淵閣四庫全書》，臺北：臺灣商務印
　　書館，1986年。

〔宋〕陳巖肖撰：《庚溪詩話》，見《百部叢書集成》，臺北：藝文印
　　書館，1965年。

〔宋〕王觀國：《學林》，見《全宋筆記》（第4編），鄭州：大象出版
　　社，2008年。

〔宋〕袁說友等編：《成都文類》，北京：中華書局，2011年。

〔宋〕陳善：《捫蝨新話》，見《全宋筆記》（第5編），鄭州：大象出
　　版社，2012年。

〔宋〕王楙：《野客叢書》，見《全宋筆記》（第6編），鄭州：大象出
　　版社，2013年。

〔宋〕敖陶孫：《臞翁詩集》，見《汲古閣景抄南宋六十家小集》，《中
　　華再造善本·清代編·集部》，北京；國家圖書館出版社，
　　2014年。

〔宋〕姜夔：《白石道人詩說》，見《歷代詩話》，北京：中華書局，
　　　2001年。

〔宋〕釋居簡：《北磵集》，見《文淵閣四庫全書》，臺北：臺灣商務
　　　印書館，1986年。

〔宋〕蔡夢弼，張忠綱編注：《杜工部草堂詩話》，見《杜甫詩話六種
　　　校注》，濟南：齊魯書社，2004年。

〔宋〕呂午：《竹坡類稿》，見《北京圖書館古籍珍本叢刊》，北京：
　　　書目文獻出版社，1988年。

〔宋〕林希逸：《竹溪鬳齋十一稿》，見《南宋文學批評資料彙編》，
　　　臺北：成文出版社，1978年。

〔宋〕羅大經：《鶴林玉露》，見《文津閣四庫全書》，北京：商務印
　　　書館，2006年。

〔宋〕羅大經：《鶴林玉露》，北京：中華書局，2005年。

〔宋〕趙孟堅：《彝齋文編》，見《文淵閣四庫全書》，臺北：臺灣商
　　　務印書館，1986年。

〔宋〕衛湜：《禮記集說》，見《文淵閣四庫全書》，臺北：臺灣商務
　　　印書館，1986年。

〔宋〕文天祥：《文信國集杜詩》，見《四庫全書珍本八集》，臺北：
　　　臺灣商務印書館，1978年。

〔宋〕俞文豹：《俞文豹詩話》，見《宋詩話全編》，南京：江蘇古籍
　　　出版社，1998年。

〔宋〕黎靖德編：《朱子語類》，見《文淵閣四庫全書》，臺北：臺灣
　　　商務印書館，1986年。

〔宋〕陳世崇：《隨隱漫錄》，見《文淵閣四庫全書》，臺北：臺灣商
　　　務印書館，1986年。

〔宋〕陳郁：《藏一話腴》，見《文淵閣四庫全書》，臺北：臺灣商務
　　　印書館，1986年。

〔宋〕魏泰:《臨漢隱居詩話》,見《歷代詩話》,北京:中華書局,
　　　2001年。

〔宋〕陳起編:《江湖後集》,見《文淵閣四庫全書》,臺北:臺灣商
　　　務印書館,1986年。

〔宋〕輔廣:《詩童子問》,見《文淵閣四庫全書》,臺北:臺灣商務
　　　印書館,1986年。

〔宋〕段昌武:《毛詩集解》,見《文淵閣四庫全書》,臺北:臺灣商
　　　務印書館,1986年。

〔宋〕嚴羽著,郭紹虞校釋:《滄浪詩話校釋》,臺北:里仁書局,
　　　1987年。

〔宋〕范溫:《潛溪詩眼》見《宋詩話輯佚》,臺北:華正書局,1981
　　　年。

〔元〕楊載:《詩法家數》,見《歷代詩話》,北京:中華書局,2001
　　　年。

〔元〕傅與礪:《詩法源流》,見《元代詩法校考》,北京:北京大學
　　　出版社,2001年。

〔明〕宋濂著、羅月霞主編:《宋濂全集》(全4冊),杭州:浙江古籍
　　　出版社,1999年。

〔明〕宋濂:《宋濂全集》(全8冊),杭州:浙江古籍出版社,2014
　　　年。

〔明〕劉崧:《劉崧詩話》,見《明詩話全編》,南京:江蘇古籍出版
　　　社,1997年。

〔明〕陶宗儀編:《說郛》,見《文淵閣四庫全書》,臺北:臺灣商務
　　　印書館,1986年。

〔明〕瞿佑:《歸田詩話》,見《瞿佑全集校註》,杭州:浙江古籍出
　　　版社,2010年。

〔明〕楊士奇：《東里文集》，見《文津閣四庫全書》，北京：商務印
　　　書館，2006年。

〔明〕黃淮：《黃文簡公介菴集》，見《四庫全書存目叢書》，臺南：
　　　莊嚴文化事業有限公司，1997年。

〔明〕朱權：《西江詩法》，見《明詩話全編》，南京：江蘇古籍出版
　　　社，1997年。

〔明〕李東陽：《麓堂詩話》，見《百部叢書集成》，臺北：藝文印書
　　　館，1996年。

〔明〕李東陽：《懷麓堂集》，見《文津閣四庫全書》，北京：商務印
　　　書館，2006年。

〔明〕孫承恩：《文簡集》，見《文津閣四庫全書》，北京：商務印書
　　　館，2006年。

〔明〕楊慎：《升菴詩話》，見《百部叢書集成》，臺北：藝文印書
　　　館，1968年。

〔明〕周復俊：《全蜀藝文志》，見《文津閣四庫全書》，臺北：臺灣
　　　商務印書館，1986年。

〔明〕游潛：《夢蕉詩話》，見《叢書集成初編》，北京：中華書局，
　　　1991年。

〔明〕陳束：《陳后岡詩文集》，見《叢書集成續編》，臺北：新文豐
　　　出版公司，1989年。

〔明〕方弘靜：《方弘靜詩話》，見《明詩話全編》，南京：江蘇古籍
　　　出版社，1997年。

〔明〕鄧元錫：《鄧元錫詩話》，見《明詩話全編》，南京：江蘇古籍
　　　出版社，1997年。

〔明〕王文祿：《詩的》，見《明詩話全編》，南京：江蘇古籍出版
　　　社，1997年。

〔明〕周履靖：《騷壇秘語》，見《明詩話全編》，南京：江蘇古籍出版社，1997年。

〔明〕胡應麟：《詩藪》，臺北：廣文書局，1973年。

〔明〕謝肇淛：《小草齋詩話》，見《珍本明詩話五種》，北京：北京大學出版社，2008年。

〔明〕胡震亨：《唐音癸籤》，見《文淵閣四庫全書》，臺北：臺灣商務印書館，1986年。

〔明〕盧世㴶：《讀杜私言》，見《明詩話全編》，南京：江蘇古籍出版社，1997年。

〔明〕張次仲：《張次仲詩話》，見《明詩話全編》，南京：江蘇古籍出版社，1997年。

〔清〕王鐸：《擬山園選集》，見《四庫禁燬書叢刊》，北京：北京出版社，2000年。

〔清〕吳喬：《圍爐詩話》，見《百部叢書集成》，臺北：藝文印書館，1967年。

〔清〕李沂：《秋星閣詩話》，見《清詩話》，臺北：西南書局，1979年。

〔清〕王夫之等：《清詩話》，臺北：西南書局，1979年。

〔清〕王夫之：《古詩評選》，北京：文化藝術出版社，1997年。

〔清〕王夫之：《薑齋詩話》，北京：人民文學出版社，1998年。

〔清〕葉燮：《原詩》，見《清詩話》，臺北：西南書局，1979年。

〔清〕王士禎，張忠綱編注：《新編漁洋杜詩話》，見《杜甫詩話六種校注》，濟南：齊魯書社，2004年。

〔清〕王士禎等：《師友詩傳錄》，見《清詩話》，臺北：西南書局，1979年。

〔清〕邵長蘅：《邵青門全集》，見《叢書集成續編》，上海：上海書店：1994年。

〔清〕金聖歎：《唱經堂杜詩解》，見《金聖嘆全集》，臺北：長安出版社，1986年。

〔清〕顧嗣立：《寒廳詩話》，見《清詩話》，臺北：西南書局，1979年。

〔清〕沈德潛：《說詩晬語》，見《清詩話》，臺北：西南書局，1979年。

〔清〕沈德潛：《唐詩別裁》，北京：中國致公出版社，2011年。

〔清〕沈德潛：《沈德潛詩文集》，北京：人民文學出版社，2011年。

〔清〕沈德潛：《唐詩別裁集》，上海：上海古籍出版社，2013年。

〔清〕薛雪：《一瓢詩話》，見《清詩話》，臺北：西南書局，1979年。

〔清〕黃子雲：《野鴻詩的》，見《清詩話》，臺北：西南書局，1979年。

〔清〕王崑繩：《左傳評》，臺北：新文豐出版股份有限公司，1979年。

〔清〕喬億：《劍谿說詩》，見《清詩話續編》，臺北：藝文印書館，1985年。

〔清〕喬億：《劍溪說詩又編》，見《清詩話續編》，臺北：藝文印書館，1985年。

〔清〕何文煥輯：《歷代詩話》，北京：中華書局，2001年。

〔清〕翁方綱：《復初齋文集》，見《續修四庫全書》，上海：上海古籍出版社，2003年。

〔清〕段玉裁：《說文解字注》，臺北：黎明文化事業股份有限公司，2006年。

〔清〕乾隆十五年敕選編：《唐宋詩醇》，見《文津閣四庫全書》，北京：商務印書館，2006年。

〔清〕劉鳳誥，張忠綱編注：《杜工部詩話》，見《杜甫詩話六種校注》，濟南：齊魯書社，2004年。

〔清〕方東樹：《昭昧詹言》，臺北：漢京文化事業有限公司，1985年。

〔清〕梁章鉅：《退庵隨筆》，見《清詩話續編》，臺北：藝文印書
　　　館，1985年。

〔清〕潘德輿：《養一齋李杜詩話》，見《杜甫詩話六種校注》，濟
　　　南：齊魯書社，2004年。

〔清〕管世銘：《讀雪山房唐詩序例》，見《清詩話續編》，臺北：藝
　　　文印書館，1985年。

〔清〕劉熙載：《藝概》，見《劉熙載集》，上海：華東師範大學出版
　　　社，1993年。

〔清〕王壽昌：《小清華園詩談》，見《清詩話續編》，臺北：藝文印
　　　書館，1985年。

## 三　今人論著

楊松年：〈杜詩為詩史說析評〉，見《古典文學》，臺北：臺灣學生書
　　　局，1985年。

劉真倫：〈詩史詮義〉，見《大陸雜誌》，第90卷第6期，1995年。

嚴壽澂：〈詩聖杜甫與中國詩道〉，《國立編譯館館刊》，30卷1、2期合
　　　刊本，2001年12月。

陳捷先、札奇斯欽編輯，姚從吾撰：《姚從吾先生全集（一）歷史方
　　　法論》，臺北：正中書局，1977年。

朱希祖：《中國史學通論》，臺北：莊嚴出版社，1977年。

郭紹虞輯：《宋詩話輯佚》，臺北：華正書局，1981年。

簡恩定：《清初杜詩學研究》，臺北：文史哲出版社，1986年。

龔鵬程：《詩史本色與妙悟》，臺北：臺灣學生書局，1986年。

陳文華：《杜甫傳記唐宋資料考辨》，臺北：文史哲出版社，1987年。

程千帆、莫礪鋒、張宏生：《被開拓的詩世界》，上海：上海古籍出版
　　　社，1990年。

吳文治主編：《明詩話全編》，南京：江蘇古籍出版社，1997年。

吳文治主編：《宋詩話全編》，南京：江蘇古籍出版社，1998年。

華文軒編：《杜甫卷》，北京：中華書局，2001年。

張忠綱編注：《新編漁洋杜詩話》，見《杜甫詩話六種校注》，濟南：
　　　齊魯書社，2004年。

莫礪鋒：《杜甫詩歌講演錄》，桂林：廣西師範大學出版社，2007年。

袁世碩主編：《王士禎全集·詩文集》，濟南：齊魯書社，2007年。

張健輯校：《珍本明詩話五種》，北京：北京大學出版社，2008年。

翁麗雪：《詩經問答》，臺北：里仁書局，2010年。

張忠綱統稿：《杜甫全集校注》，北京：人民文學出版社，2014年。

孫微輯校：《清代杜集序跋滙錄》，北京：人民文學出版社，2017年。

文學研究叢書·古典詩學叢刊　0804022

# 杜甫從詩史到詩聖

著　　者　蔡志超
責任編輯　呂玉姍
特約校對　林秋芬

發 行 人　林慶彰
總 經 理　梁錦興
總 編 輯　張晏瑞
編 輯 所　萬卷樓圖書股份有限公司
　　　　　臺北市羅斯福路二段 41 號 6 樓之 3
　　　　　電話 (02)23216565
　　　　　傳真 (02)23218698

發　　行　萬卷樓圖書股份有限公司
　　　　　臺北市羅斯福路二段 41 號 6 樓之 3
　　　　　電話 (02)23216565
　　　　　傳真 (02)23218698
　　　　　電郵 SERVICE@WANJUAN.COM.TW
香港經銷　香港聯合書刊物流有限公司
　　　　　電話 (852)21502100
　　　　　傳真 (852)23560735

ISBN 978-986-478-373-1
2020 年 10 月初版
定價：新臺幣 220 元

如何購買本書：

1. 劃撥購書，請透過以下郵政劃撥帳號：
　　帳號：15624015
　　戶名：萬卷樓圖書股份有限公司
2. 轉帳購書，請透過以下帳戶
　　合作金庫銀行 古亭分行
　　戶名：萬卷樓圖書股份有限公司
　　帳號：0877717092596
3. 網路購書，請透過萬卷樓網站
　　網址 WWW.WANJUAN.COM.TW

大量購書，請直接聯繫我們，將有專人為您服務。客服：(02)23216565 分機 610

國家圖書館出版品預行編目資料

杜甫從詩史到詩聖 / 蔡志超著. -- 初版. -- 臺
北市 ： 萬卷樓, 2020.10

　　面 ；　公分. -- (文學研究叢書. 古典詩學叢
刊 ; 804022)
ISBN 978-986-478-373-1(平裝)
1.(唐)杜甫 2.唐詩 3.詩評

851.4415　　　　　　　　　　　109012533